G
GOLDMANN

„... Abends, wenn ich abgespannt bin, greife ich instinktiv nach einem ‚Wallace', bin im Nu in der Handlung, vergesse den ganzen Jammer des Alltags, bin froh und mutig. Adenauer in Rhöndorf"

Edgar Wallace. Das Original.

Alle Edgar Wallace Kriminalromane:

1 Die Abenteuerin.
2 A. S. der Unsichtbare.
3 Die Bande des Schreckens.
4 Der Banknotenfälscher.
5 Bei den drei Eichen.
6 Die blaue Hand.
7 Der Brigant.
8 Der Derbysieger.
9 Der Diamantenfluß.
10 Der Dieb in der Nacht.
11 Der Doppelgänger.
12 Die drei Gerechten.
13 Die drei von Cordova.
14 Der Engel des Schreckens.
15 Feuer im Schloß.
16 Der Frosch mit der Maske.
17 Gangster in London.
18 Das Gasthaus an der Themse.
19 Die gebogene Kerze.
20 Geheimagent Nr. Sechs.
21 Das Geheimnis der gelben Narzissen.
22 Das Geheimnis der Stecknadel.
23 Das geheimnisvolle Haus.
24 Die gelbe Schlange.
25 Ein gerissener Kerl.
26 Das Gesetz der Vier.
27 Das Gesicht im Dunkel.
28 Der goldene Hades.
29 Die Gräfin von Ascot.
30 Großfuß.
31 Der grüne Bogenschütze.
32 Der grüne Brand.
33 Gucumatz.
34 Hands up!
35 Der Hexer.
36 Im Banne des Unheimlichen.
37 In den Tod geschickt.
38 Das indische Tuch.
39 John Flack.
40 Der Joker.
41 Das Juwel aus Paris.
42 Kerry kauft London.
43 Der leuchtende Schlüssel.
44 Lotterie des Todes.
45 Louba der Spieler.
46 Der Mann, der alles wußte.
47 Der Mann, der seinen Namen änderte.
48 Der Mann im Hintergrund.
49 Der Mann von Marokko.
50 Die Melodie des Todes.
51 Die Millionengeschichte.
52 Mr. Reeder weiß Bescheid.
53 Nach Norden, Strolch!
54 Neues vom Hexer.
55 Penelope von der »Polyantha«.
56 Der Preller.
57 Der Rächer.
58 Der Redner.
59 Richter Maxells Verbrechen.
60 Der rote Kreis.
61 Der Safe mit dem Rätselschloß.
62 Die Schuld des Anderen.
63 Der schwarze Abt.
64 Der sechste Sinn des Mr. Reeder.
65 Die seltsame Gräfin.
66 Der sentimentale Mr. Simpson.
67 Das silberne Dreieck.
68 Das Steckenpferd des alten Derrick.
69 Der Teufel von Tidal Basin.
70 Töchter der Nacht.
71 Die toten Augen von London.
72 Die Tür mit den 7 Schlössern.
73 Turfschwindel.
74 Überfallkommando.
75 Der Unheimliche.
76 Die unheimlichen Briefe.
77 Der unheimliche Mönch.
78 Das Verrätertor.
79 Der viereckige Smaragd.
80 Die vier Gerechten.
81 Zimmer 13.
82 Der Zinker.

EDGAR WALLACE

In den Tod geschickt

ON THE SPOT

Kriminalroman

GOLDMANN VERLAG

Aus dem Englischen übertragen von
Ravi Ravendro

Der Goldmann Verlag
ist ein Unternehmen der Verlagsgruppe Bertelsmann

Jubiläumsausgabe

Made in Germany · 1/90 · 17. Auflage

Druck: Elsnerdruck, Berlin
Krimi 252
Ge · Herstellung: Klaus Voigt
ISBN 3-442-00252-4

I

Red Gallway war ein mit allen Wassern gewaschener Verbrecher; auf seinem Sündenregister stand mehr als ein Unternehmen, das ihn in schweren Konflikt mit den Gesetzen brachte. Er hatte Geldschränke geknackt und sich als Hochstapler versucht, er hatte seinen Opfern die Pistole vor die Nase gehalten und ihnen ihr Geld abgenommen – und er hatte eine ganze Reihe fragwürdiger Nachtlokale aufgezogen. Trotz seiner eifrigen Bemühungen verdiente er jedoch nicht allzuviel dabei, und erst als er sich dem Alkoholschmuggel zuwandte, floß ihm das große Geld in die Tasche, von dem er immer geträumt hatte. Seitdem er mit einer regelrechten Schmugglerbande zusammenarbeitete, lebte er sorgenlos und zufrieden, zudem brauchte er keine Angst vor der Polizei zu haben. Allerdings stieg ihm der Erfolg zu Kopf. Er wurde faul, schwatzhaft und streitsüchtig und – was am schlimmsten war –: Er begann Kokain zu schnupfen.

Angelo Verona, der außerordentlich tüchtige Personalchef der Bande, machte ihm Vorwürfe.

»Laß das bleiben, Red! Tony kann keine Leute brauchen, die Koks schnupfen.«

Über Gallways nicht gerade einnehmendes Gesicht glitt ein böses Grinsen. »Wirklich?« meinte er verächtlich.

Angelo nickte gewichtig und sah ihn mit seinen ernsten braunen Augen durchdringend an.

»Kokain hat noch keinem geholfen. Anfangs fühlt man sich zwar so groß und stark wie ein Wolkenkratzer, aber das ist schnell vorüber – dann kommt der Katzenjammer, und man möchte sich am liebsten in ein Mauseloch verkriechen. Und vor allen Dingen – wenn sie einen solchen Burschen im Polizeipräsidium nach allen Regeln der Kunst verhören, dann hält er nicht dicht!«

Red verkehrte zu dieser Zeit viel mit seinem Freund Mike

Leeson, einem früheren Maschinisten, der sich in elenden schmutzigen Spelunken mehr zu Hause fühlte als in den eleganten Lokalen der oberen Zehntausend.

Er hatte es im Leben nicht weit gebracht und schaute deshalb ehrfurchtsvoll zu Red Gallway empor, der für ihn der bedeutendste aller großen Gangster war. Er verhielt sich ungefähr so, wie ein Lakai gegenüber einem Monarchen.

Als sie eines Tages in einer Kneipe zusammensaßen, die Reds Bande gehörte, machte Mike seinen Freund großzügig auf eine gute Gelegenheit aufmerksam. Aber Red schüttelte gelangweilt den Kopf.

»Aus Chinesinnen mache ich mir nichts«, sagte er. »Die Tochter von Joe Enrico zum Beispiel ist ganz wild nach mir, aber ich drehe mich nicht einmal nach ihr um.«

»Wie du meinst«, entgegnete Mike.

Er jedenfalls drehte sich bei jeder Gelegenheit nach Minn Lee um. Meistens traf er sie auf der Treppe des nicht gerade sehr sauberen Hauses, in dem sie beide wohnten. Sie war eine hübsche kleine Chinesin, graziös und schmiegsam wie eine Gerte. Besonders faszinierten ihn ihre weißen Hände, ihre großen schwarzen Augen und ihre weiche Haut. Übrigens hatte ihr Haar nicht den bläulichen Schimmer der Ostasiaten, sondern war glänzend und tiefschwarz.

Mike grinste sie die erste Zeit nur an, später versuchte er auch mit ihr zu sprechen. Das gelang ihm ohne Schwierigkeiten, denn sie unterhielt sich gerne. Wie er erfuhr, war sie mit einem kranken Künstler verheiratet und machte Zeichnungen für Modejournale, um Geld zu verdienen.

Ihre Zutraulichkeit und Offenheit verblüfften Mike; er benützte die Gelegenheit, ihr persönlich näherzukommen. Als er sie aber nach einiger Zeit einmal in ein Luxusrestaurant zum Abendessen einlud, war sie sehr erstaunt.

»Mein Mann ist doch krank«, protestierte sie. »Ich kann ihn doch unmöglich allein lassen.«

»Aber Kleine, ich sorge natürlich dafür, daß jemand bei ihm bleibt und aufpaßt . . .«

Sie schüttelte energisch den Kopf, und als er ihre Hand fassen wollte, war sie verschwunden.

Nach diesem Zwischenfall ging sie ihm aus dem Weg.

Zu Hause hatte sie kein leichtes Leben. Ihr schwerkranker Mann machte ihr Vorwürfe, wo er nur konnte. Von seiner Großzügigkeit war nicht viel übriggeblieben, seitdem er leidend war und ihn die Reue quälte.

Minn Lee war über sein Verhalten weder glücklich noch traurig. John Waite war ihrer Meinung nach niemals ein bedeutender Künstler gewesen – aber er war ihr Mann. Das Leben und das Schicksal hatten sie zusammengekettet, wenn auch aus einer anfänglichen Leidenschaft nicht die große Liebe geworden war. Minn Lee machte sich nichts vor – sie liebte ihren Mann nicht mehr. Trotzdem war sie entschlossen, bei ihm zu bleiben. Jetzt lag er im Sterben, der Arzt hatte es ihr klipp und klar gesagt. Es mochte noch drei oder vier Monate dauern, dann war es zu Ende.

Im Dachgeschoß des Hauses lag noch ein anderer Kranker, Peter Melachini, ein alter Musiker, der durchaus nicht sehr arm war, sich aber entschlossen hatte, in der traurigen Umgebung zu sterben, die viele Jahre lang sein Zuhause gewesen war. Die schwatzhafte Frau eines Mechanikers aus dem ersten Stock erzählte Minn Lee, daß der alte Peter einen mächtigen Freund habe, ein As unter den Alkoholschmugglern.

»Können Sie sich vorstellen, Mrs. Waite«, sagte sie, »daß er Mr. Melachini eine Villa am Meer angeboten hat, die er ihm schenken will! Aber der Alte hat es nicht angenommen. Er entgegnete, daß er hier in der Stadt sterben wolle, wo er geboren sei. Der ist nicht ganz richtig im Kopf! Stellen Sie sich doch vor – eine Villa am Meer, und alles geschenkt.«

Der Gangster, in seinen Kreisen ein gefürchteter Pistolenschütze, besuchte Peter Melachini ab und zu. Er war ein schlanker, geschmeidiger Mann mit einer ungewöhnlich dunklen Gesichtsfarbe; seine Anzüge saßen stets wie angegossen. Wenn er aus seinem Wagen stieg, liefen die Leute ans Fenster und drückten sich die Nasen an den schmutzigen Scheiben platt. Die ganze Gegend geriet in Aufregung. Ein wirklicher Gangster, das war eine Sensation!

Gewöhnlich war es so, daß ein dunkler Wagen in schneller Fahrt in die Straße einbog und vor der Haustür hielt. Drei Männer sprangen heraus; der erste ging voran, dann kam die Hauptperson selber, und der dritte folgte als Nachhut.

Tony Perelli, so hieß der zweifelhafte Held, ging meist direkt in Melachinis Wohnung, unterhielt sich ein wenig mit ihm und verließ ihn unter Zurücklassung einiger kleiner Geschenke.

Die beiden hatten früher in der gleichen Kapelle bei Cosmolino gespielt, und seither war Tony Perelli mit Peter befreundet. Außerdem stammten sie beide aus Sizilien und waren im gleichen Dorf in der Nähe Palermos geboren.

Auch Minn Lee traf den Gangster manchmal auf der Treppe. Er war nicht sehr groß, aber sein vornehmes Auftreten und eine gewisse Zurückhaltung und Würde imponierten ihr. Sein Gesicht war ziemlich voll, und seine dunklen Augen glänzten eigentlich ganz lustig.

Minn Lee sah er freundlich an, als er ihr zum erstenmal begegnete, und sie erwiderte sein Lächeln zögernd. Als er vorbeigegangen war, drehte sie sich nach ihm um, und auch er wandte den Kopf, als ob er noch einen Blick von ihr erhaschen wolle.

Als sie ihn später einmal an derselben Stelle traf, sprach er sie an. Er war von einer unaufdringlichen Höflichkeit, und sie mußte über seine fröhlichen Worte sogar ein wenig lächeln. Es gefiel ihr, daß er ihr keine plumpen Komplimente machte und auch sonst in keiner Weise versuchte, zudringlich zu werden.

Am nächsten Tag wurden Blumen und Früchte für Mrs. Waite abgegeben; auf der Begleitkarte stand in flüssigen Zügen der Name Tony Perellis.

»Er ist außerordentlich einflußreich«, sagte die Frau des Mechanikers, die völlig atemlos vor Aufregung und Neugier war. »Er hat eine der teuersten und kostbarsten Wohnungen in ganz Chicago, ein Landhaus und ich weiß nicht wieviel Autos. Das ist einer von den wirklich großen Alkoholschmugglern – und was der alles auf dem Kerbholz hat, geht auf keine Kuhhaut.«

Auch jetzt war Minn Lee durchaus nicht empört und bestürzt; es gab viele Leute, die seltsame Dinge taten, und schließlich schien ihr in ihrer einfachen Vorstellungsweise Alkoholschmuggel noch viel anständiger als manches, was sie in ihrer Umgebung hatte sehen müssen.

Als sie Tony Perelli zum drittenmal traf, war es bei einem Besuch, den er bei ihr machte. Ihr Mann schlief gerade, und sie fühlte sich etwas unbehaglich, als sie Perelli in das kleine Wohnzimmer führte.

»Er schläft? Das ist gut. Ich war eben bei Ihrem Arzt; er sagte, daß Ihr Mann ans Meer gehen müsse. Die salzhaltige Luft würde ihm guttun. Das sollte ja auch mein alter Freund Peter machen – aber der ist zu eigensinnig und setzt Himmel und Hölle in Bewegung, um nur hier im Haus bleiben zu können. Mrs. Waite, ich möchte nicht aufdringlich sein – aber wenn es nur eine Geldfrage ist ...«

Sie schüttelte den Kopf.

»Nein, Mr. Perelli, wir können das Geld von Ihnen nicht annehmen. Auf ehrliche Weise könnten wir es doch nicht zurückzahlen.«

Eine Woche später starb John Waite. Sein Ende war ruhig und friedlich. Minn Lee ließ ihn beerdigen und erklärte auf der Polizeiwache, auf der sie den Todesfall meldete, warum ihr Name nicht auch Waite lautete. Sie tat alles, was geschehen mußte, verhältnismäßig gefaßt, zahlte die dringendsten Schulden und teilte seiner Mutter mit, daß er gestorben sei. Dann machte sie sich daran, Arbeit zu suchen. Eigentlich hätte das für ein junges Mädchen, das sein Examen auf der Columbia Universität bestanden und früher schon dreißig Dollar in der Woche durch Modezeichnungen verdient hatte, nicht weiter schwer sein dürfen. Aber sie wählte vorerst einen anderen Weg und schrieb an den Inhaber eines Chinesenrestaurants, in dem Kellnerinnen gesucht wurden. Aber noch bevor sie Antwort erhielt, kam Mike Leeson und machte ihr einen Vorschlag.

Inzwischen war auch der alte Italiener gestorben, und Tony Perelli hatte ein glänzendes Begräbnis für ihn arrangiert. Als er nach der Beerdigung am Abend in die Wohnung des Musikers kam, um sich aus dem Eigentum seines alten Freundes einige Erinnerungen mitzunehmen, erschien zur gleichen Zeit Mike in der Wohnung Minn Lees. Niemand hatte Perelli gesehen, als er das Haus betrat, denn er war zu Fuß gekommen, selbstverständlich eskortiert von seiner Leibwache. Als er an Minn Lees Tür vorüberging, blieb er einen Augenblick stehen und lauschte.

An diesem Abend gab es wieder einmal ziemlich viel Lärm im Haus. Im zweiten Stock übte der Pole Laski auf seinem Schlagzeug; ab und zu packte ihn der Ehrgeiz, die Weltmeisterschaft im Trommeln zu gewinnen.

In Minn Lees Wohnung wehrte sich die kleine Chinesin verzweifelt gegen Mike Leeson, der sie an sich zog . . .

Leeson besaß den Instinkt eines Wilden; seine Erfahrung hatte ihn gelehrt, daß man Frauen am besten durch blindes Drauflosgehen besiegen konnte.

»Schatz, verlaß dich auf das, was ich dir sage! Du wirst es bestimmt nicht schlecht bei mir haben . . .!«

Sie leistete ihm energisch Widerstand und versuchte verzweifelt, sich loszureißen. Tony Perelli hörte ihre erstickten Schreie und drückte auf die Türklinke. Die Tür war nicht verschlossen, und er trat ein.

»Was haben Sie hier zu schaffen, Sie Strolch?«

Mike schäumte vor Wut über die Störung und sah Perelli mit einem haßerfüllten Blick an.

»Scheren Sie sich 'raus!« Tony Perellis Stimme klang hart und kühl.

»Ich gehe erst, wenn es mir paßt – vor einem sizilianischen Affen reiße ich nicht aus!«

Leeson holte zu einem wuchtigen Schlag aus, traf Perelli aber nicht. Dann hörten die Hausbewohner ein Geräusch, als ob der musikbegeisterte Pole noch lauter auf seine Trommel schlage. Das war alles – Tony, der die rauchende Pistole schußbereit hielt, brauchte nicht zum drittenmal zu feuern. Leeson hatte genug. Eine Sekunde lang klammerte er sich noch an das Bett, dann sank er lautlos zu Boden.

Minn Lee sah von dem Toten zu Tony.

»Nehmen Sie Ihren Mantel und kommen Sie mit.«

Wenn Perelli etwas befahl, klang es niemals wie eine Bitte. Sie gehorchte ohne Zögern und ging mit ihm. Wegen Mike Leeson machte er sich keine Sorgen; seine Leute würden diese Sache erledigen, wie es üblich war. Es würde keinen Spektakel geben – wahrscheinlich fand später irgendein Chauffeur den Toten draußen im Schnee, und die Zeitungen brachten eine lakonische Meldung, daß wieder ein Gangster von seinesgleichen erschossen worden war. Damit war die Sache erledigt.

Es dauerte nicht lange, dann war Minn Lee in Tonys Wohnung heimisch geworden, und man hatte sich daran gewöhnt, sie Mrs. Perelli zu nennen.

2

Von dem Dachgarten mit der venezianischen Balustrade konnte Tony Perelli die ganze Stadt überblicken, in der er der ungekrönte König der Alkoholschmuggler war. Und er liebte sein Königreich Chicago. Endlose Reihen von Autos brachten seine Untertanen täglich zur Arbeit; denn jeder, der an irgendeinem versteckten Plätzchen seiner Wohnung Alkohol lagerte, gehörte zu seinen Untertanen.

Es verstieß gegen das Prohibitionsgesetz[1], Alkohol herzustellen oder zu verkaufen; jede heimlich in den Keller geschmuggelte Weinkiste oder Schnapsflasche konnte zu Konflikten führen. Im Preis für Alkohol waren die Prozente des Schmugglers ebenso inbegriffen wie die des Pistolenschützen, der die Transporte begleitete. Seitdem es verboten war, hatten die Leute erst recht ihre Vorliebe für hochprozentige Getränke entdeckt. Sie nahmen achselzuckend davon Kenntnis, daß jeder, der den Alkoholschmuggel störte, damit rechnen mußte, erschossen und vom fahrenden Auto aus auf die Straße geworfen zu werden. Wahrscheinlich wären sie aber doch erschrocken, wenn man ihnen gesagt hätte, daß in dem Alkoholpreis auch die Munition der Mörder und die Blumenkränze für die Gräber der Opfer eingerechnet waren.

Perelli trat eben in den supervornehm eingerichteten Raum, der zugleich als Frühstücks- und Arbeitszimmer diente. Der japanische Diener hatte gerade den Kaffee gebracht. Nach der Hausordnung, die Perelli festgesetzt hatte, würde Minn Lee erst am Nachmittag erscheinen, und auch Angelo, der vor kurzem eine vornehme Wohnung gemietet hatte, kam erst später.

Perelli sah auf die Uhr. Es war erst acht, aber trotzdem er-

1 In den Vereinigten Staaten war es von 1917–1933 verboten, Alkohol herzustellen oder zu verkaufen.

wartete er bereits einen Besucher. Im gleichen Augenblick wurde er durch das leichte Surren eines Summers auf seinem Schreibtisch angemeldet.

Red Gallway war die luxuriöse Umgebung nicht sympathisch, und an diesem Morgen fühlte er sich hier noch weniger wohl als sonst, weil er einen beträchtlichen Groll gegen Perelli aufgespeichert hatte. Die ganze Nacht über hatte er sich in seinen Zorn hineingesteigert, aber jetzt, im hellen Tageslicht, fiel es ihm schwer, diese Stimmung aufrechtzuerhalten.

»Setz dich, Red, und erzähle, was es im Westen Neues gibt.«

»Ich muß etwas wissen, Perelli – und wenn ich es nicht sofort erfahre, dann ist der Teufel los. Verstehst du?«

Tony sah ihn neugierig und ziemlich von oben herab an. »Mach dich doch nicht lächerlich. Wirklich zu komisch, wenn du dich aufspielen willst ... Aber schön, schieß los!«

Red rutschte unruhig in seinem Sessel hin und her.

»Du kennst Leeson – Mike Leeson. Das war mein Freund, Perelli. Und jetzt hat ihn einer über den Haufen geknallt. Ich möchte den Kerl sehen, der das getan hat!«

Antonio Perelli lächelte.

»Ich habe ihn umgelegt«, sagte er fast gemütlich.

Tiefes Schweigen folgte.

»Hast du vielleicht etwas dagegen?« erkundigte sich Perelli dann freundlich.

Red biß sich auf die Lippen.

»Aber das ist doch keine Art, einen so netten Kerl einfach mir nichts, dir nichts ... Einen Freund von mir! Mike und ich waren wie Brüder ...«

»Dann solltest du eigentlich Trauer tragen«, erklärte Perelli gelassen, »denn dein Bruder ist tot.«

»Warum hast du das getan?« fragte Red verbissen.

Perelli hielt es für nicht der Mühe wert zu antworten.

»Sag doch, warum du es getan hast? Mike war ein netter Kerl und hat mir viel geholfen.«

»Ich habe es eben für richtig gehalten.«

Tony lehnte sich nachlässig auf seinem Stuhl zurück, griff nach der Kaffeetasse, die vor ihm stand, und nahm einen Schluck.

»Ja – ich habe es für richtig gehalten. Und wenn ich erst einmal etwas für richtig halte, dann tue ich es auch.«

Red nagte an seiner Unterlippe. Er fürchtete Perelli, aber innerlich kochte er vor Wut.

»Du hast dich nicht besonders liebenswürdig mir gegenüber verhalten!«

Tony nickte.

»Na, wenn du willst, kondoliere ich dir. Warst du übrigens im Krankenhaus? Nein? Da liegt gerade ein anderer Freund von dir, der Grieche Ontropolos. Es geht ihm ziemlich schlecht – gestern abend hat ihm jemand mit dem Gummiknüppel eins übergezogen. Möchtest du wissen, warum? Er hat einem meiner Leute Koks verkauft.«

Red schwieg.

»Und ich will nicht, daß meine Leute trinken oder irgendwelche Rauschgifte nehmen!«

»Das brauchst du mir nicht zu sagen. Für mich selber kann ich allein sorgen . . .«, begann Red.

»Sicher kannst du das. Übrigens liegt niemand etwas daran, wenn du es nicht tust. Vor allem aber wirst du nicht dafür bezahlt, daß du für dich selbst sorgst, sondern daß du dich um mich und meine Leute kümmerst. Wenn deine Hände zittern und wenn du nicht ganz klar im Kopf bist, dann ist das schlimm. Wenn du trinkst und die Klappe nicht halten kannst, ist es noch viel schlimmer – denn ich weiß nur zu genau, daß ein Kokainsüchtiger jedes Geheimnis gegen eine entsprechende Menge Koks verkauft. So, nun weißt du es. Und das ist mein letztes Wort – laß die Finger von dem weißen Pulver oder mach, daß du fortkommst.«

Red erhob sich.

»Schön, in Ordnung, ich gehe!«

Ein rätselhaftes Lächeln spielte um Perellis Mundwinkel.

»Gut – wie du meinst!«

Wenn Red im allgemeinen auch nicht sehr sensibel veranlagt war, so fühlte er doch jetzt fast körperlich die Drohung, die in diesen Worten lag.

»Tony, ich bin kein Schuljunge, der sich in jede Ecke stoßen läßt! Und wenn sich zwei Partner nicht mehr miteinander vertragen, dann müssen sie sich eben trennen.«

»Da hast du recht«, entgegnete Tony und nickte.

Red ging. In seinem Kopf schwirrte es von Plänen. Er hatte verschiedene Tricks des Alkoholgeschäfts gelernt, von denen er nie etwas erfahren hätte, wenn Tony Perelli nicht etwas zu mitteilsam gewesen wäre.

Als nächstes ging er zu einem guten Bekannten, der auch der Schmugglerbande angehörte, und lud ihn zum Mittagessen bei Bellini ein. Dort erzählte er ihm alles, was ihm durch den Kopf ging.

Victor Vinsetti war ein gutgekleideter junger Mann mit merkwürdig ruhelosen Augen. Bezeichnend für ihn war, daß er immer den Verdacht zu haben schien, daß jemand hinter ihm stände. Nur sehr selten äußerte er eigene Ansichten, verstand dafür aber ausgezeichnet zuzuhören.

Er erfuhr, was Red Gallway bedrückte und was mit Mike Leeson passiert war. Red versuchte ihm klarzumachen, wie leicht es sein würde, ein eigenes Schmuggelunternehmen zu starten, Stoff über die Grenze zu bringen und neue Absatzgebiete zu finden. Wenn man nur ein paar tüchtige, smarte Jungen fand, die in den geheimen Kneipen als Vertreter fungierten, konnte man in lächerlich kurzer Zeit ein Vermögen verdienen.

Vinsetti hörte interessiert zu, weil er selbst auch schon ähnliche Gedanken gehabt hatte. Seit einiger Zeit befaßte er sich allerdings mit anderen Plänen.

»Habe ich recht oder nicht, Vic?« fragte Red am Schluß seiner langen Ausführung.

»Natürlich hast du recht – und ich verstehe dich durchaus. Aber die Sache ist doch nicht so einfach, wie du es dir vorstellst. Und auf jeden Fall bist du sehr unvorsichtig, wenn du so viel darüber sprichst.«

»Mike Leeson war ein tüchtiger Kerl ...«

»Mike war gar nichts, höchstens eine große Null«, unterbrach ihn Vinsetti ruhig. »Er ist tot, und es ist auch nicht weiter schade um ihn – ich möchte nur wissen, wie Perelli darüber denkt ...«

Er dachte intensiv nach, während Red ihn neugierig betrachtete. Vinsetti war selbst ein gefürchteter Pistolenschütze, wenn er auch nicht zu den ganz großen Leuten gehörte. Alle wußten, daß er reich war. Die Pläne, die ihn beschäftigten, bestanden einfach darin, daß er sich vom Alkoholschmuggel zurückziehen wollte – obwohl man sagte, daß dies selten jemand gelänge, der einmal daran beteiligt gewesen war. Auf der ›Empress of Australia‹ war eine Kabine für ihn belegt. Er wollte über Kanada reisen; alles, was wertvoll war, hatte er bereits zu Geld gemacht und stand auch schon wegen einer Villa an der Küste von San Remo in Unterhandlungen. Reds Offenheit war ihm peinlich; besonders weil er wußte, daß jeder zweite Kellner bei Bellini ein Spion war.

Noch am gleichen Abend ging er zu Perelli.

»Red ist wütend«, erzählte er. »Ich war mit ihm bei Bellini, und er hat mir dauernd etwas vorgejammert.«

»Ich möchte keine Schwierigkeiten mit ihm haben«, erwiderte Tony. Dies war zugleich seine Kampfansage und sein Alibi.

Immer wenn Red getrunken hatte, verwickelte er sich in Schwierigkeiten. Diesmal versuchte er, durch einen Mittelsmann in Verbindung mit Tom Feeney zu kommen, der den Alkoholschmuggel im südlichen Bezirk kontrollierte. Aber es gelang ihm nur, mit O'Donnell zu sprechen, der Toms Personalchef und Schwager war.

In Wirklichkeit war O'Donnell der leitende Kopf der Bande, und das war nach Perellis Ansicht der schwächste Punkt der Tom Feeney-Gesellschaft. O'Donnell war klein, hager und leicht erregbar. Zu schnell mit der Pistole bei der Hand, wie die einen sagten, und unverschämt frech mit seinem Mundwerk, wie andere wissen wollten.

Er hörte sich Reds Vorschläge sehr kühl und gelassen an.

»Red, Sie haben eigentlich für uns ebensowenig Wert wie für sonst jemand«, erklärte er schließlich sachlich. »Sie nehmen Koks, und Sie saufen. Bei unserem Geschäft kann man solche Leute nicht brauchen. Für Perelli habe ich durchaus nicht viel übrig – aber Schwierigkeiten will ich keine mit ihm haben. Wenn Sie allerdings in seinem Bezirk verkaufen wollen, stellen wir Ihnen genügend Alkohol zur Verfügung.«

Am nächsten Tag ereignete sich nichts Besonderes, außer daß Red Gallway nach anderer Richtung hin Anschluß suchte. In der frühen Dämmerung des Winternachmittags stand er im Polizeipräsidium und bat um eine Unterredung mit Kommissar Kelly. Er wollte sich über einen Polizeibeamten beschweren, erklärte er möglichst laut. Das Polizeipräsidium lag in Perellis Bezirk, und Spitzel berichteten ihm alles Wissenswerte.

Niemand außer Red wäre in dieser Lage zum Polizeipräsidium gegangen. Schließlich hätte er ja auch die Möglichkeit gehabt, anzurufen und einen Treffpunkt für eine geheime Zusammenkunft zu vereinbaren. Aber wenn Red Gallway Kokain genommen hatte, überlegte er nie lange. Eine Viertelstunde später saß er schon dem Chef der Kriminalpolizei gegenüber.

Er wollte seine Geschichte möglichst schlau erzählen und vor allem keine Namen nennen. Offen gab er nur zu, daß er in Lebensgefahr schwebe, und nachdem sich Kommissar Kelly einige Zeit mit ihm unterhalten hatte, war er auch davon überzeugt.

Red erzählte Kelly nichts, was Kelly nicht schon wußte; bittere Erfahrungen hatten den Beamten im übrigen gelehrt, daß es völlig sinnlos gewesen wäre, Red beim Wort zu nehmen und ihn als Zeugen in einem Prozeß auftreten zu lassen.

Kelly wußte ganz genau, wie und warum Mike Leeson ums Leben gekommen war. Er kannte die Namen der Leute, die den Abtransport der Leiche durchgeführt hatten, genauso wie die Nummer ihres Wagens.

Red hätte wahrscheinlich noch einige Stunden geredet, aber Kelly hatte viel zu tun, und an einseitigen Unterhaltungen, bei denen er nichts Neues erfuhr, lag ihm nicht viel.

»Wollen Sie bei uns bleiben?« fragte er.

Red sah ihn entrüstet an.

»Soll das heißen, daß Sie mich in Schutzhaft nehmen wollen? Ich bin groß genug, um auf mich selber aufzupassen. Nein, ich werde mich um den ganzen Laden hier nicht mehr kümmern. Chicago kann mir gestohlen werden – ich habe in andern Städten genug Freunde, die mir weiterhelfen.«

Als Red wieder auf die Straße trat, wurde er von drei Leuten beobachtet. Aber nur zwei davon waren Polizeibeamte.

»Verliert den Kerl bloß nicht aus den Augen«, hatte der Chef kurz vorher zu ihnen gesagt.

An der nächsten Straßenecke begrüßten zwei Männer freudig Gallway und nahmen ihn in die Mitte.

»Was fällt Ihnen denn ein?« fragte Red, als sie ihm liebenswürdig auf die Schulter schlugen und sich bei ihm einhängten.

»Wenn Sie den Mund aufmachen, knallt's«, erwiderte der eine in herzlichstem Ton und preßte ihm die Mündung einer Pistole in die Seite.

»Sind Sie verrückt, Sie . . .!«

Die Beamten, die Red beschatten sollten, waren noch Neulinge. Sie sahen nur, daß zwei gute Freunde Red begrüßten und mit ihm in ein Auto einstiegen. Es fiel ihnen nichts Besseres ein, als schnell ein Taxi zu nehmen, aber noch bevor sie einen Wagen gefunden hatten, war das andere Auto schon abgefahren und außer Sicht.

Red überschaute die Lage nicht sofort. Er war sich nur darüber klar, daß der Mann, der direkt hinter ihm saß, einen harten, kühlen Gegenstand gegen sein Genick drückte. Dabei unterhielt sich dieser Mensch intensiv mit dem Chauffeur über ein Baseball-Match. Die beiden stritten miteinander, ob Südkalifornien oder Columbia gewinnen würde. Der Chauffeur war für Columbia.

»Dafür bin ich auch«, versuchte sich Red ängstlich einzuschalten.

»Halten Sie bloß die Klappe«, entgegnete der Chauffeur. »Ich kann mich nur wundern, daß Sie nicht heiser sind – Sie haben doch wirklich lange genug mit dem Polypen gequatscht! Möchte wissen, wen Sie alles verpfiffen haben.«

»Ich – verpfeifen?« protestierte Red ärgerlich.

Die Pistolenmündung preßte sich unbarmherzig gegen sein Genick.

»Schnauze!«

Sie ließen jetzt die Stadt hinter sich und kamen durch eine verlassene Gegend, in der nur einzelne Baracken standen. Schließlich hielt der Wagen bei einem kleinen Gehölz, das direkt neben der holperigen Straße lag.

»Raus mit Ihnen!« befahl der Mann hinter Red. Gallway gehorchte. Das Kokain wirkte jetzt nicht mehr, und er zitterte am ganzen Körper.

»Was wollen Sie denn eigentlich von mir?« stieß er mühsam hervor. »Ich habe der Polizei bestimmt nichts verraten! Fahren Sie mich sofort zu Tony. Er wird Ihnen sagen . . .«

Die beiden nahmen ihn wieder zwischen sich und schleppten ihn in das Gehölz.

»Wollen Sie mich etwa kaltblütig abknallen?« keuchte Red. »Hören Sie doch ...«

Die Sicherung einer Pistole klickte. Gleichzeitig mit dem Schuß fiel Red auf die Knie und schwankte. Er hörte weder den ersten noch den zweiten Knall. Der Mann hinter ihm ließ die Pistole in die Tasche gleiten und steckte sich eine Zigarette an. Seine Hand zitterte nicht im geringsten.

»Los, fahren wir zurück«, sagte er zu seinem Begleiter. Schon als sie am Stadtrand waren, stritten sie sich wieder herum, ob Kalifornien oder Columbia gewinnen würde.

Der Fahrer sah das Polizeiauto als erster. Sowie er das Heulen der Sirene hörte, gab er Gas, daß ihr eigener Wagen einen Satz nach vorn machte.

»Nimm das Maschinengewehr – unter dem Sitz!«

Der Mann neben ihm kroch nach hinten, um seinem Freund zu helfen. Zusammen stießen sie die Mündung durch das hintere Fenster.

»Die beiden Polypen müssen Kelly verständigt und die Beschreibung unseres Wagens durchgegeben haben«, knurrte der Mann, der Red erschossen hatte, und klemmte sich hinter das Maschinengewehr.

Der Polizeiwagen kam näher.

»Los! Gib's ihnen!«

Rat–a–tat–a–tat–a–tat!

Die Windschutzscheibe des anderen Wagens wurde zertrümmert. Er geriet leicht ins Schlingern, fing sich dann aber wieder und folgte ihnen in immer kürzerem Abstand. Die Polizeibeamten erwiderten jetzt das Feuer.

Der Mann am Maschinengewehr stieß einen unartikulierten Laut aus und glitt zu Boden. Der andere packte die Waffe und drückte auf den Abzug. Gleich darauf gab es einen scharfen Knall, das Polizeiauto rutschte quer über die Fahrbahn und kam an einem Laternenmast zum Stehen. Ein Reifen war getroffen worden.

»Sie sitzen fest!« rief der zweite Mann dem Chauffeur zu. »Ab jetzt, Joe!«

Mit einem Blick streifte er die zusammengekrümmte Gestalt am Boden. »Kopfschuß«, knurrte er und kletterte auf seinen Sitz neben dem Fahrer zurück.

Einige Zeit darauf waren sie schon wieder bei ihrem Baseballspiel, während der Tote hinter ihnen von einer Seite zur andern rollte.

3

Victor Vinsetti nahm eine recht außergewöhnliche Stellung in der Unterwelt von Chicago ein. Seit zwei Jahren war er der Unterhändler einiger großen Banden, die den Schmuggelbetrieb auf den großen Seen Kanadas aufrechterhielten. Seine Haupttätigkeit bestand außerdem darin, die vielen Streitigkeiten zu schlichten, die für gewöhnlich unter den Geschäftspartnern auszubrechen drohten.

Er sah gut aus und stand in dem Ruf, zu Damen besonders höflich zu sein.

Zu seinem Unglück machte er den Fehler, sich in Kanada mit einer jungen Dame zu verloben, die sich nicht ohne weiteres abschütteln ließ, als er ihrer überdrüssig wurde. Sie verklagte ihn wegen Bruchs des Heiratsversprechens, und obwohl er mit Hilfe eines geschickten Rechtsanwaltes die Sache durch einen Vergleich beizulegen versuchte, wurde er zur Zahlung einer beachtlich großen Schadenersatzsumme verurteilt. Er zahlte, ohne mit der Wimper zu zucken. Viel schlimmer war es für ihn, daß er durch diese Sache seinen Posten als Agent verlor, was ihn um einen großen Teil seiner Einnahmen brachte.

»Skandale liegen mir nicht«, erklärte ihm Tony Perelli, als die Angelegenheit zwischen ihnen zur Sprache kam. »Sie sind in Kanada jetzt bekannt wie ein bunter Hund, und das kann ich begreiflicherweise nicht gebrauchen.«

»Das ist doch unsinnig«, entgegnete Vinsetti, für den allerhand auf dem Spiel stand.

»Möglich. Das ist wenigstens Ihre Ansicht – ich denke anders darüber. Gehen Sie eine Zeitlang nach dem Osten und seien Sie froh, daß ich Ihnen nichts weiter nachtrage.«

Er klopfte Vinsetti liebenswürdig auf die Schulter.

Als er am Abend allein mit Minn Lee zusammensaß, unterhielt er sich eingehend mit ihr über den Vorfall. Sie saßen Seite an Seite auf einer breiten Couch; der Raum war matt erleuchtet vom Schimmer einiger bernsteinfarbiger Lampen.

»Dieser Vinsetti läuft zu sehr den Weibern nach. Unentwegt diese Liebeleien und ähnlicher Unsinn.«

»Ist denn Liebe Unsinn?« fragte sie lächelnd.

Er schmunzelte. »Die Liebe zu dir natürlich nicht! Aber wo in der Welt findet man auch eine solche Frau wie dich?«

Er streichelte vorsichtig ihre kleine Hand und schaute sie zärtlich an; dann ging er zum Klavier und spielte eine Stunde lang. Sie lauschte ihm hingegeben; er war ein hervorragender Pianist. Auch Geigenspielen konnte er virtuos, aber vor allem Klaviermusik war seine Leidenschaft.

Als Tony zu Minn Lee zurückkehrte und sich an ihrer Seite niederließ, fing er noch einmal von Vinsetti an.

»Der Junge ist tatsächlich ein wenig zu unbeständig – aber trotzdem war er mir sehr nützlich. Er konnte wenigstens wie ein vornehmer Mann auftreten und mit vornehmen Leuten verhandeln. Vielleicht überlege ich mir die Sache doch noch. Schließlich macht jeder einmal einen Fehler ...«

Ein paar Tage später hatte er Victor Vinsetti schon beauftragt, mit dem Polizeichef Kelly über die Freilassung eines Bandenmitglieds zu verhandeln, das die Polizei geschnappt hatte. Es war ein Triumph für Vinsetti, daß er den Mann durch seine geschickte Verhandlungstaktik freibekam.

»Eigentlich hätten wir den Burschen ja hierbehalten sollen«, sagte Kelly, als er mit Harrigan die Sache besprach.

»Vielleicht – vielleicht auch nicht«, erwiderte Sergeant Harrigan. »Meiner Meinung nach hat Perelli nur deshalb so viel Wert darauf gelegt, daß dieser Bursche freikommt, weil er fürchtet, man könnte dem Mann noch ein anderes Verbrechen zur Last legen. Heute morgen wurde Red Gallway gefunden – er ist von hinten niedergeknallt worden.«

»Das war zu erwarten – der Mensch hat auch wirklich zu viel geredet. Übrigens, es ist zwar Zeitvergeudung, aber vielleicht besuche ich doch einmal Perelli.«

»Wissen Sie, daß er eine neue Frau im Haus hat?«

»Ja, ich weiß – Minn Lee, Mrs. Waite oder wie sie sonst heißt. Eines muß man Perelli schon lassen – er ist das, was es eigentlich gar nicht gibt: ein Gentlemanverbrecher. Eine nette Auswahl von Rohlingen hat er ja um sich versammelt, aber niemals hat einer seiner Bande etwas verraten.«

Harrigan sah ihn bedeutungsvoll an.

»Früher oder später wird wenigstens einer pfeifen«, meinte er leise.

»Denken Sie an Vinsetti? Wenn der Fall eintreten sollte, weiß Perelli früher davon als wir – und wenn erst Perelli etwas davon weiß . . .«

Er lächelte und vollendete den Satz nicht.

Harrigan zündete sich eine Zigarre an.

»Natürlich wird Vinsetti niemals als Zeuge vor Gericht zu gebrauchen sein. Immerhin will er sich aber gut mit der Polizei stellen, und ganz bestimmt wird er uns eines Tages Einzelheiten sagen, die uns Perelli vielleicht ans Messer liefern.«

»Glauben Sie? Dann sagen Sie ihm, wenn Sie ihn das nächstemal sehen, daß Perelli ganz genau weiß, was für ein unsicherer Kantonist er ist. Sichern Sie Vinsetti zu, daß wir ihm jeden Schutz gewähren, wenn er beichtet.«

Harrigan versuchte während der beiden nächsten Tage ein zufälliges Zusammentreffen mit Victor Vinsetti herbeizuführen. Er hatte keinen Erfolg, weil Vinsetti inzwischen Minn Lee getroffen und prompt Feuer gefangen hatte.

Minn Lee hatte zwar etwas eigenartige Begriffe von Ehrenhaftigkeit, aber man mußte ihr lassen, daß sie sich wenigstens streng danach richtete. Zum Beispiel wäre es ihr nie eingefallen, den Mann zu betrügen, dem sie angehörte. So hinterbrachte sie alles, was Vinsetti tat und was er ihr vorschlug, getreulich Tony. Ohne viel Aufhebens davon zu machen, erzählte sie ihm, was sich jeden Tag zugetragen hatte. Gerade ihre Bescheidenheit und Zurückhaltung waren es, was Tony Perelli so an ihr leiden mochte.

Vinsetti hatte über viele Dinge mit ihr gesprochen; vor allem natürlich über seine Liebe und über das glanzvolle und abwechslungsreiche Leben in Europa, das er ihr bieten wollte. Aber er hatte auch andere Dinge berührt, die Antonio Perelli nicht im günstigsten Licht erscheinen ließen. Zum Beispiel erzählte er ihr von einigen Gebäuden im Stadtteil Cicero, die eine ganze Reihe sehr übel beleumdeter Lokale enthielten.

Minn Lee war nicht sehr aufgebracht darüber. Was Tony Perelli auch tat, war für sie richtig.

Tony dagegen, dem sie berichtete, war ernstlich böse; als er Vinsetti am nächsten Tag traf, war er kurz angebunden.

»Wenn du mit Minn Lee sprechen willst«, sagte er zu ihm, »dann benütze in Zukunft am besten das Telefon. Du bist zwar brauchbar – aber auch du redest zuviel!«

Als Vinsetti Tony ansah, erschrak er. War er diesmal zu weit gegangen?

An und für sich war Tony Perelli durchaus nicht sehr nachtragend. Man konnte mit ihm streiten, und er war nicht der Mann, der sich ewig über eine solche Zwistigkeit ärgerte. Anders war es, wenn gewisse Grenzen überschritten wurden – dann konnte er erbarmungslos sein.

Bis jetzt war Tony Perellis Streit mit Vinsetti rein privater Natur. Man hatte ihn in den Augen seiner Frau herabgesetzt, und er fühlte sich deshalb in seiner persönlichen Ehre angegriffen. Allerdings schien er auch diese Sache noch einmal vergessen zu wollen. Doch Vinsetti hatte den Haß in Perellis Augen gesehen, und das hatte genügt, um seine Leidenschaft abkühlen zu lassen. Er wurde vorsichtig. Als geborener Diplomat wußte er, daß man seinem Gegner schmeichelte, wenn man sich vor ihm in acht nahm. Nach einer Weile schien auch wieder alles im alten Geleise zu sein, wenigstens war Perelli liebenswürdig wie immer. Vinsetti aber war trotzdem beunruhigt.

Er sollte recht behalten.

Für gewöhnlich war Tony großzügig, gleichzeitig lag aber etwas von der Hinterlist einer Katze in seinem Charakter: Ohne vorher zu warnen, schlug er rücksichtslos zu. Diesmal machte er eine Ausnahme und deutete bei Vinsettis nächstem Besuch an, was er wußte.

»Dein Urlaub fällt dieses Jahr ins Wasser«, sagte er. »Gib deinen Platz auf der ›Empress of Australia‹ lieber zurück. Du hättest das Geld zum Fenster hinausgeworfen, verstehst du?«

Mehr sagte er nicht. Er machte Vinsetti seltsamerweise keinerlei Vorhaltungen und geriet nicht in Wut über dessen unverzeihliche Handlungsweise. Unverzeihlich war sie, denn wenn ein Mann sich heimlich von seiner Bande zu drücken versucht, der er angehört, ist er für immer bei seinen früheren Freunden geächtet. Früher oder später ist ihm eine Kugel sicher.

Perellis Nachrichtensystem hatte auch diesmal wieder vorzüglich gearbeitet. In jeder Bank, auf jedem Reisebüro hatte er Leute sitzen, die ihn informierten, wenn ein Mitglied seiner Bande irgendeinen verdächtigen Schritt unternahm.

Eigentlich war es schade um Vinsetti, auch nach Angelos

Meinung. In seiner Art hatte ihn niemand übertroffen. Man brauchte Leute, die sich so zu kleiden verstanden wie er und die vor allem mit den nach außen hin sehr ehrenwerten Schuften umgehen konnten, die den Rohstoff für Perellis Handel lieferten. Auch als Verbindungsmann zwischen den einzelnen Schmugglerbanden war Vinsetti unbezahlbar. Er war der einzige, der sich ohne weiteres in jedem Bezirk sehen lassen konnte. Sowohl zu dem Polen Joe als auch zu Tom Feeney und den Chefs anderer Organisationen stand er in guten Beziehungen. Schwierige Angelegenheiten behandelte er diskret; wenn er etwas versprochen hatte, konnte man sich darauf verlassen – und außerdem verstand er ausgezeichnet, mit Pistolen aller Kaliber umzugehen.

Perellis Tätigkeit erstreckte sich auf die verschiedensten Gebiete. Fast überall war er an erlaubten und unerlaubten Geschäften beteiligt; einen scharfen Trennungsstrich zog er aber zwischen sich und der gewöhnlichen Sorte von Gangstern. Er hatte seinen eigenen Ehrenkodex, von dem er unter keinen Umständen abwich. Das Geld der Leute, die er aus irgendwelchen Gründen hatte beseitigen lassen, fand man stets unberührt. Vor allem aber schätzten es seine Geschäftspartner, daß man sich sowohl als Käufer wie als Verkäufer unbedingt auf ihn verlassen konnte. Seinen ›Angestellten‹ zahlte er unheimliche Gehälter, aber obgleich er eine kleine Armee beschäftigte, hatte er doch alle Einzelheiten seiner vielen geschäftlichen Transaktionen selbst im Kopf.

Er war klug, am meisten nützte ihm aber sein sechster Sinn, der ihn fast immer rechtzeitig vor Gefahren warnte. Deshalb gehorchte er auch seinen Eingebungen blindlings. Auch Red hatte er nicht etwa erschießen lassen, weil dieser zur Polizei gegangen war, sondern weil er das Gefühl hatte, daß er für ihn in Zukunft eine große Gefahr bedeuten könne.

4

So rücksichtslos Perelli bestrafte, so großzügig belohnte er auf der andern Seite. Fünfzigtausend Dollar gab er allein für die Einrichtung der neuen Wohnung Angelos aus, und einen Mann, der sich zwar nicht für ihn eignete, ihm aber das Leben gerettet hatte, schickte er mit einer Summe, die ihn aller Sorgen enthob, nach Sizilien zurück.

Über Vinsetti dachte Perelli lange nach. Ohne Zweifel war der Mann nicht mehr mit der alten Begeisterung bei der Sache; im Gegenteil, seine Tätigkeit schien ihm nicht mehr zu behagen. Übrigens tat er genau das, was Perelli erwartet hatte: seine auf der ›Empress of Australia‹ belegte Passage ließ er zwar annullieren, aber durch ein anderes Reisebüro belegte er sofort dieselben Kabinen unter anderem Namen.

Von Minn Lee war Vinsetti noch genauso bezaubert wie vorher. Er schickte ihr Blumen und schrieb ihr häufig sehr geschickt abgefaßte Briefe. Tony las sie und lächelte darüber.

»Immer elegant – sogar als Briefschreiber. Bitte ihn doch, dich wieder einmal zu besuchen, Minn Lee . . . Nein, nein, ich habe nichts dagegen – er macht mir wirklich Spaß.«

Minn Lee sandte ihm also eine Einladung. Vinsetti kam von da an wieder öfters zu ihr. Manchmal war Tony dabei, aber meistens ließ er sie allein.

Es war möglich, daß er Vinsettis Dienste bald wieder in Anspruch nehmen mußte. Die beiden großen Alkoholschmugglerbanden Chicagos waren auf neutralem Boden aneinandergeraten.

Tom Feeneys Leute versorgten eine große Anzahl von Kneipen im Süden der Stadt mit Schnaps und Bier. Tom hatte eigene Brauereien und war selbstverständlich vielfacher Millionär.

Nun gab es in Chicago ein gewisses Gebiet, in dem beide Parteien friedlich nebeneinander arbeiteten. Die Eigentümer der dortigen Lokale konnten ihre Waren sowohl von Tony als auch von Tom beziehen.

Mit einem Schlag störte Tom Feeney dieses stillschweigende Übereinkommen und reklamierte den Bezirk ausschließlich für sich. Er ließ den Lokalbesitzern Warnungen zugehen, und darauf folgten die üblichen Vergeltungsmaßnahmen für diejenigen, die nicht gehorchten. Man zerstörte das Lokal eines guten Kunden Perellis und griff auch den Besitzer selbst an. Der Mann eilte mit der Schreckensnachricht sofort zu Angelo, und Angelo erstattete Perelli Bericht.

»Schick Vinsetti zu Tom; er soll mit ihm verhandeln«, befahl Tony. »Wer hat in dem Lokal Radau gemacht?«

Man erzählte ihm, daß ›Toten-Hennessey‹, ein bekannter Schläger, mit seiner Bande den Überfall durchgeführt hatte. Shaun O'Donnell engagierte ihn häufig für Racheakte, bei denen er selbst ein wenig im Hintergrund bleiben wollte.

»Wischt Hennessey eins aus«, ordnete Perelli an. »Victor soll mit Feeney oder O'Donnell persönlich sprechen.«

Victor vereinbarte einen Treffpunkt mit dem Iren und machte ihm Vorwürfe. Shaun O'Donnell aber blieb stur. Obwohl Vinsetti sein Bestes tat, um einen annehmbaren Mittelweg zu finden, ließ er sich sogar zu Drohungen hinreißen.

»Gib dir keine Mühe, Vic, das Gebiet hat schon früher zu unserem Bezirk gehört – du kannst Mr. Perelli sagen, daß wir zwar eine Zeitlang Rücksicht auf ihn genommen haben, durch den scharfen Konkurrenzkampf mit den Polen jetzt aber gezwungen sind, den Bezirk für uns zu behalten. Wir würden dir gerne entgegenkommen, Vic – aber in diesem Fall, tut mir leid . . .«

Sie verhandelten auch noch über andere Angelegenheiten.

»Möchte nur wissen, warum du eigentlich immer noch bei Perelli bleibst«, sagte Shaun am Ende des Gespräches. »Tom und ich würden es gern sehen, wenn du zu uns kommst. Ich weiß, daß du eine Heidenangst vor Tony hast«, fuhr er fort, als Vinsetti protestierte. »Aber vielleicht könntest du uns helfen, einen Ort ausfindig zu machen, wo wir Tony bestimmt träfen . . .? Der Kerl behandelt seine Leute ja wie Hunde.«

Obwohl das ein ziemlich plumper Anbiederungsversuch war, dachte Victor doch darüber nach. In der Zwischenzeit wurde Toten-Hennessey von Perellis Leuten erledigt.

Vor Minn Lee hatte Tony keine Geheimnisse.

»In unserem Geschäft gibt es keine Halbheiten«, erklärte er ihr. »Victor hat als Unterhändler bisher noch nie versagt – aber diesmal ist es ihm seltsamerweise nicht gelungen, Shaun O'Donnell zu überreden. In der vergangenen Nacht haben sie mir wieder eine Kneipe zerstört. Und warum? Weil Victor sagte: Abwarten! Soll ich noch so lange warten, bis mein ganzes Geschäft zum Teufel geht?«

Victor wußte gut genug, warum er zum Abwarten riet. Tony, der ihm geduldig zuhörte, berichtete er über den Verlauf der Verhandlungen.

»Ausgezeichnet!« sagte Perelli schließlich. »Ich kann ja warten, bis Shaun O'Donnell alt und vernünftig wird. Vielleicht in zehn Jahren! Nein, so geht es nicht; entweder Tom Feeney verständigt sich jetzt sofort mit mir, oder ich lasse ihn über den Haufen knallen! In der letzten Zeit wird sowieso viel zuviel geredet – Ricardo sollte wieder einmal zu Wort kommen.«

Ricardo war sein bester Maschinengewehrschütze; wirklich ein Meister seines Fachs.

»Ein wenig werde ich noch warten«, fuhr Perelli fort, »aber dann . . .«

Am Nachmittag fuhr er nach Cicero hinaus. Er saß in einem seiner eigenen Restaurants und trank gerade Kaffee, als mit kreischenden Bremsen drei Autos vor den großen Fensterscheiben stoppten und das ganze Lokal unter Maschinengewehrfeuer nahmen. Perelli warf sich wie der Blitz flach auf den Boden. Zum Glück hielt sich fast niemand außer ihm in dem Raum auf. Alles ging in Trümmer: Scheiben, Gläser, die Theke splitterten unter einem Hagel von Geschossen. Klatschend fuhr eine Garbe in die Wände, von denen der Putz herunterbröckelte. In diesem Augenblick, die Nase auf die Dielen gepreßt, entschied sich Perelli, nicht länger zu warten. Jetzt mußte er handeln.

Es war ihm klar, daß es sich um keinen improvisierten, sondern um einen sorgfältig geplanten Angriff handelte. Vinsetti gehörte zu den wenigen Leuten, die wußten, daß Perelli an diesem Tag und zu dieser Stunde in Cicero sein würde. Er selbst hatte vorgeschlagen, daß Tony sich in dem betreffenden Lokal mit einem kanadischen Kapitän treffen solle.

Perelli stellte Nachforschungen an. Tom Feeney und Shaun O'Donnell waren am Abend vorher nach New York gefahren und wiesen damit ihr Alibi etwas zu deutlich nach.

Nach seiner Rückkehr suchte er Victor Vinsetti auf und erzählte ihm ausführlich, daß er kaum mit dem Leben davongekommen sei. Er redete so, als hätte er nicht den geringsten Verdacht gegen ihn.

Trotzdem hatte Victor eine böse Vorahnung. Heimlich suchte er Kelly auf und gab ihm einige kleine Informationen. Dann tat Victor etwas Merkwürdiges, das letzten Endes ganz seinem Charakter entsprach. Er fuhr zu seinem Rechtsanwalt und setzte sein Testament auf. Ein Abschnitt darin lautete:

›Sollte ich eines gewaltsamen Todes sterben, so verfüge ich hiermit, daß eine Summe von hunderttausend Dollar von meinem Vermögen abgezweigt wird. Diesen Betrag soll diejenige Person als Belohnung erhalten, durch deren Hilfe mein Mörder entdeckt wird.‹

Am Nachmittag machte er einen Besuch bei Minn Lee, die ihn auf Tonys Wunsch telefonisch zu einer Tasse Tee eingeladen hatte.

»Bleib in deinem Zimmer, Liebling«, sagte Tony zu ihr. »Ich muß zunächst noch einiges mit Victor besprechen.«

Vinsetti kam um vier Uhr dreißig, eine Viertelstunde später tauchte Kelly auf. Die beiden hatten das so verabredet. In Wirklichkeit hatte der Beamte schon fünf Minuten nach Vinsettis Ankunft am Eingang des Gebäudes gestanden. Er beobachtete die Haustür und sah, daß einige Möbel herausgeschafft und auf einen Wagen geladen wurden. Es handelte sich um zwei große Sessel, ein Sofa, einen Garderobenständer und einen Tisch. Das Möbelauto setzte sich gerade in Bewegung, als Kelly ins Haus trat.

Angelo öffnete ihm.

»Victor ist schon wieder gegangen«, beantwortete er Kellys Frage. »Er wollte Minn Lee besuchen, aber sie hat Kopfschmerzen.«

»Wo ist Perelli?«

Tony saß auf dem sonnigen Balkon, und Angelo ließ ihn rufen.

»Vinsetti ist vor fünfzehn Minuten hierhergekommen, und ich habe ihn nicht weggehen sehen«, sagte Kelly scharf.

»Tut mir leid, aber er ist nicht mehr hier«, entgegnete Tony seelenruhig. »Möglich, daß er den Ausgang auf der Hinterseite benutzte.«

»Hätten Sie etwas dagegen, wenn ich die Wohnung durchsuche?« erwiderte Kelly ziemlich rücksichtslos.

»Wenn es Ihnen Spaß macht – bitte!« sagte Tony lächelnd.

Vinsetti war tatsächlich nicht mehr da – aber wie er das Haus verlassen hatte, das blieb ein Geheimnis. Kelly kannte natürlich den hinteren Ausgang und hatte dort einen Mann postiert. Aber auch dieser Beamte hatte Vinsetti nicht gehen sehen.

Zwei Tage später fand man Victors Leiche in einem Parksee. Er war aus kürzester Entfernung erschossen worden. In seinen Taschen fand man achtzig vollständig durchweichte Tausenddollarnoten.

Perelli wurde aufs Polizeipräsidium bestellt und ausgefragt.

»Ich kann nur hoffen, daß Sie den Kerl fangen, der den armen Victor auf dem Gewissen hat«, meinte Tony, als er sich nach einem fruchtlosen Verhör sehr höflich verabschiedete. »In letzter Zeit nehmen diese Morde wirklich überhand.«

Tony Perelli nahm höchstpersönlich an der Beerdigung teil. In einem Panzerauto fuhr er direkt hinter dem Wagen mit dem Sarg her.

5

Minn Lee beobachtete das Leben, das Perelli und seine Bekannten führten, anfangs mit großen Augen. Die Frauen, die zu den Gesellschaften kamen, die Perelli gab, waren alle sehr schön – und alle ein wenig zu auffallend gekleidet. Sie und ihre Begleiter schienen sich im allgemeinen wenig Sorgen zu machen und lebten vergnügt in den Tag hinein.

Über Tony hatte sie nach wie vor nicht zu klagen. Er war sehr liebenswürdig zu ihr; viel freundlicher, als es John Waite jemals gewesen war.

Einmal besuchte sie eine Bardame aus Cicero, die früher mit Perelli zusammengelebt hatte. Er behandelte sie äußerst kurz angebunden, und als sie wieder gegangen war, wollte er mit Minn Lee nicht über sie sprechen.

»Ein hübsches Gesicht und wenig Verstand«, knurrte er als Antwort auf ihre Fragen. »Sie hat mich gelangweilt – und ich hasse Leute, die mich langweilen.«

Sie sah ihn lächelnd an.

»Vielleicht langweile ich dich auch einmal . . .«

Er nahm ihre Hände und küßte sie.

»Vielleicht einmal, wenn ich uralt bin und nicht mehr sehen

und hören kann. Aber bis dahin ist's noch lange.« Er faßte ihren Kopf mit beiden Händen. »Bist du glücklich?« Sie nickte, und er schloß sie zufrieden in die Arme.

Immer wenn sich Tony mit Minn Lee unterhalten hatte, konnte er nachher besonders ruhig und leidenschaftslos über Tom Feeney, Shaun O'Donnell und ihre Bande nachdenken, die ihm in letzter Zeit allerhand zu schaffen machte.

Tom Feeney war groß und schwerfällig gebaut. Er hatte seine Laufbahn als Bauarbeiter begonnen und sich mit Hilfe einer beachtlichen Zähigkeit zu seiner jetzigen Position hochgekämpft. Die Methoden, die er anwandte, waren nicht gerade fein. Wenn er sich irgendwelche Leute gefügig machen wollte, war ihm jedes Mittel recht dazu. Mit Vorliebe wandte er die Ananas-Methode an. Als Ananas wurde in diesem Fall eine Bombe bezeichnet, die vor den Hauseingang des betreffenden Gegners gelegt wurde. Für gewöhnlich genügte diese Warnung. Wenn nicht, richtete die nächste Bombe schon mehr Schaden an. Aber nur wenige Leute warteten die zweite Bombe ab – die dritte überlebte niemand.

Da Tom Feeney die Mittel besaß, mit Hilfe seiner ausgedehnten Organisation jeden Widerstand zu brechen, brachte ihm der Alkoholschmuggel immer größere Summen ein. Spelunken und elegante Luxuslokale, die ihm gehörten, wuchsen wie Pilze aus der Erde.

Seine Schwester, Mrs. Shaun O'Donnell, spielte eine wichtige Rolle in der Organisation. Durch ihren Mann besaß sie großen Einfluß, den sie unbedenklich anzuwenden wußte. Sie war fast ebenso groß wie ihr Bruder, starkknochig und hager, hatte ein rotes Gesicht und häßliche Hände. Ihre Nase fiel durch ein geradezu unwahrscheinliches Tiefrot auf. Man erzählte sich, daß sie einmal mit einem früheren Boxer gerauft und ihn verprügelt hätte. Wenn Tom Feeney einen kleinen Schwips hatte, pflegte er sogar damit zu prahlen.

Obgleich sie Geld wie Heu hatte, kleidete sie sich geradezu

unmöglich. Was sie an sich hatte, war von ausgesuchter Geschmacklosigkeit – darüber konnten auch nicht die haselnußgroßen Brillanten hinwegtäuschen, die sie symmetrisch über den ganzen Körper verstreut trug.

Perelli wurde von dieser feinen Dame vor allem wegen seines distinguierten Aussehens gehaßt. Für gewöhnlich bezeichnete sie ihn nur als Geck. Sowohl ihren Mann als auch ihren Bruder hielt sie unter ständiger Kontrolle, und es war ganz klar, daß sie von beiden etwas gefürchtet wurde.

Mrs. O'Donnell ging rücksichtslos gegen alle vor, die ihr in den Weg traten. Es kam ihr nicht darauf an, jemand umlegen zu lassen. Sie war es auch gewesen, die den Angriff auf Tony Perelli organisiert hatte.

»Wenigstens haben wir diesem Hampelmann einen ordentlichen Schrecken eingejagt«, sagte sie später zu ihrem Mann. »Wenn du nur ein wenig mehr Mumm in den Knochen hättest, dann bräuchte ich mich über diesen Burschen nicht mehr zu ärgern. Es ist unglaublich, was er neulich zu Mrs. Merlo über mich gesagt hat – aber du machst dir natürlich nichts daraus, wenn mich andere Leute eine Vogelscheuche nennen. Knöpfe dir ihn endlich vor, Shaun!«

»Du scheinst mich ja sehr schnell loswerden zu wollen«, entgegnete er bissig.

Eines Tages erfuhr Mrs. O'Donnell – die den schönen Vornamen Floribella trug –, daß eine schöne Chinesin in Perellis Wohnung eingezogen war. Trotz aller männlichen Energie besaß sie eine gehörige Portion weiblicher Neugier und machte mit der ihr eigenen Unverfrorenheit bei Perelli einen Besuch. Neben der schönen, grazilen Minn Lee wirkte sie wie ein Verladekran älteren Modells neben einer Feuerlilie. Immerhin benahm sie sich sehr liebenswürdig, und Perelli erfuhr zu seiner Verwunderung, daß sie einen recht guten Eindruck auf Minn Lee gemacht hatte.

Auch Mrs. O'Donnell äußerte zu Hause ihre Meinung.

»Dieses Mädchen ist viel zu gut, um mit einem schmutzigen Sizilianer zusammenzuleben. Denk dir, der Kerl setzt Fett an! Shaun, du kannst einfach nicht an ihm vorbeischießen, wenn du nicht gerade betrunken bist – aber natürlich bist du immer betrunken!«

Shaun erwiderte nichts. Er hatte seine eigenen Pläne. Seine Frau brachte ihm noch eine wichtige Information.

»Perelli hat einen neuen Mann aus New York engagiert; er gehörte zu der Five Points-Bande – ein gewisser Con O'Hara. Kennst du ihn?«

Shaun wußte, um wen es sich handelte; Tom Feeney kannte den Mann noch besser und hatte allen Grund, ihn zu hassen.

»Ein ausgezeichneter Pistolenschütze und mit allen Wassern gewaschen. Hoffe, daß er bald wieder aus dieser Stadt verschwindet.«

In derselben Woche erhielt Perellis Bande noch mehr Zuwachs. Ein Alkoholimporteur in Boston, nach außen hin ein sehr angesehener Bürger dieser Stadt, hörte durch einen Freund von einem Harvard-Studenten, der in seiner Karriere Schiffbruch erlitten hatte. Er schrieb deshalb an Tony:

Ich weiß nicht, ob Sie etwas für diesen jungen Mann tun können. Er stammt aus guter Familie, spricht mehrere Sprachen, und ich halte es durchaus für möglich, daß er Ihnen nützlich sein könnte.

So kam Jimmy McGrath mit einem Empfehlungsbrief nach Chicago. Er war von der Universität relegiert worden, weil er einen Diebstahl begangen hatte, von dem er in seinen nüchternen Augenblicken selbst nicht verstehen konnte, wie er dazu fähig gewesen war. Die Professoren hatten zwar angenommen, daß er unter Alkoholeinfluß gestanden hatte, aber schließlich war das keine Entschuldigung. Jimmy schrieb einen Eilbrief an seine Mutter in Neu-England, verbarg sich in New York, und nachdem er einen Monat lang dort vergeblich Arbeit gesucht hatte, fuhr er mit dem Empfehlungsbrief nach Chicago, wo er sich Tony Perelli vorstellte.

Der schlanke junge Mann mit dem blonden Haar machte auf Perelli einen recht guten Eindruck. Der Bandenchef schätzte Leute mit einer ordentlichen Bildungsgrundlage und nahm sich vor, ihm zunächst beibringen zu lassen, wie man mit einer Pistole umgeht, und ihn dann später auch mit organisatorischen Aufgaben zu betrauen.

Vielleicht fand sich hier sogar ein Ersatz für Vinsetti, aber zuerst mußte sich Jimmy natürlich bewähren. In diesem Punkt war Tony unerbittlich. Vor allem mußte jeder, der in die Geheimnisse des Alkoholschmuggels eingeweiht werden wollte, bei der Polizei ein eigenes beachtliches Schuldkonto aufweisen können.

Als tüchtiger Unternehmer hatte Perelli auf dem Land eine Farm, auf der sich die Mitglieder seiner Bande erholen konnten; selbstverständlich war dort auch eine Anlage mit modernen Schießständen. Zu diesem idyllischen Aufenthalt schickte Tony den jungen Mann und empfahl ihn der besonderen Fürsorge seines Maschinengewehrschützen Ricardo.

»Sieh zu, was du aus ihm machen kannst«, sagte er.

Eine Woche später erstattete Ricardo Bericht.

»Keine Nerven. Es wäre besser, wenn du etwas anderes für ihn fändest, Tony.«

Jimmy McGrath kam daher nach Chicago zurück und wurde von Perelli höchst persönlich mit dem Geschäft vertraut gemacht. Er lernte Mitglieder verschiedener Banden kennen, unter anderem Shaun O'Donnell, der merkwürdigerweise Gefallen an dem jungen Mann fand. Eines Tages lud er ihn in seine Wohnung am North Place ein und stellte ihn seiner Frau vor.

»Gehören Sie wirklich zu Perellis Leuten?« fragte sie ohne

große Umstände. »Warum wollen Sie sich denn ausgerechnet mit diesem lumpigen Sizilianer verbrüdern?«

»Das ist schließlich seine Sache«, meinte Shaun. »Er will Sie wohl bald als Agent im Außendienst verwenden?«

Jimmy war bestürzt.

»Keine Ahnung, welchen Posten ich bekommen soll.«

Shaun rieb sich nachdenklich das Kinn.

»Klar, er braucht jemand, der mit anderen Leuten verhandeln kann – Vinsetti ist ja erledigt.«

»Das war sein bester Freund – aber so treibt es dieser Kerl ja immer«, unterbrach ihn Mrs. O'Donnell.

An dem Mittagessen nahm noch ein vierter Mann teil, ein düsterer Italiener, der Jimmy als Mr. Camona vorgestellt wurde. Er hatte in Italien vor kurzem erst eine längere Gefängnisstrafe abgesessen und gehörte jetzt zu Tom Feeneys Scharfschützen.

Eines Abends machte Camona einen verhängnisvollen Fehler. Tony Perelli kam mit zwei seiner Vertrauten vom Theater zurück und bog gerade in eine Seitenstraße der Michigan Avenue ein, als ein anderer Wagen von hinten heranpreschte. Tony duckte sich instinktiv auf den Boden des Autos, als auch schon ein Hagel von Geschossen Verdeck und Seitenwände durchschlugen. Einer seiner Begleiter erhielt einen Schuß durch den Hals. In ein paar Sekunden war alles vorüber – trotzdem hatte einer von Tonys Begleitern das Gesicht Camonas hinter dem Maschinengewehr erkannt.

Tony machte auch von dieser Sache nicht viel Aufhebens. Er traf nur einige kleine Anordnungen.

Camona wohnte in einem kleinen Haus am Südrand der Stadt. Gegen zwei Uhr morgens kam er heim, aber als er gerade die Tür aufschließen wollte, trat ein Mann hinter ihn, setzte ihm die Pistole auf den Nacken und drückte ab. Dann ging der Fremde ruhig zu seinem wartenden Wagen und war schon längst fort, als die nächste Polizeistreife in Sicht kam.

»Gut gemacht, Con«, gratulierte Perelli am nächsten Tag dem neuen Mitglied seiner Firma.

Con O'Hara freute sich über das Kompliment.

»Saubere Arbeit ist meine Spezialität, Tony. Ich schieße immer nur einmal, aber das genügt auch. Natürlich hätte ich ihn schon auf der Straße erledigen können, aber es gingen gerade einige Leute vorbei. Erst als er die Stufen zur Haustür hinaufging, zog ich meinen Achtunddreißiger aus der Tasche . . .«

»Schon gut, schon gut!«

Tony konnte es nicht ausstehen, wenn Leute zu viel redeten. Und leider redete Con dauernd.

Jimmy erfuhr die Sache aus den Nachmittagszeitungen und war wie vor den Kopf gestoßen. Mit diesem Mann hatte er noch vor zwei Tagen am gleichen Tisch gesessen.

»Wer hat das wohl getan?« fragte er Tony.

»Ich.« Perelli schaute ihn scharf an. »Der Junge wollte mich gestern abend mit einem Maschinengewehr umlegen – jetzt war er selbst dran.«

»Sind Sie auch sicher, daß es Camona war, der auf Sie geschossen hat?«

Perelli nickte. Es machte ihm Spaß, diesem jungen, unerfahrenen Menschen ein Licht aufzustecken.

»So ist es eben, Jimmy. Entweder man wird selbst über den Haufen geknallt, oder man schießt zurück. Für uns gibt es kein Gesetz. Oder glauben Sie etwa, es hätte einen Sinn, wenn ich zur Polizei gehen und sagen würde, daß Camona auf mich geschossen hat?«

»Trotzdem scheußlich – kaltblütig jemand umzulegen . . .!«

Perelli zuckte die Achseln.

»Es gibt keinen anderen Weg. Wer sich auf dieses Geschäft eingelassen hat, muß die Konsequenzen ziehen.«

Das war Jimmys erste Lektion. Da er jung war, machten diese theoretischen Erläuterungen großen Eindruck auf ihn.

»Halten Sie sich Shaun O'Donnell warm«, instruierte ihn Perelli. »Vielleicht müssen Sie in den nächsten Tagen einiges mit ihm besprechen.«

McGrath erzählte ihm kurz den Inhalt des Gespräches, das er mit Shaun geführt hatte.

»Ausgezeichnet«, sagte Perelli. »Vielleicht bekommen Sie wirklich Victors Platz – würde einen Haufen Geld für Sie bedeuten.«

Dabei wußte er sehr gut, daß niemand Victor Vinsetti ersetzen konnte.

Jimmy lernte nach und nach die führenden Mitglieder der Bande kennen. Zunächst Angelo Verona mit seinem nachlässigen Lächeln und seinen ironischen Bemerkungen. Ein Mann, der sich und andere nicht sehr wichtig zu nehmen schien und der Jimmy sehr gut gefiel. Con O'Hara, ein recht primitiver Angeber, machte dagegen einen weniger günstigen Eindruck auf ihn. Schließlich traf er auch mit Minn Lee zusammen. Er hatte schon von ihr gehört und war recht neugierig geworden. Doch seine Erwartungen wurden übertroffen – ihr natürlicher Charme faszinierte ihn sofort. Tony hatte als aufmerksamer Kavalier auch alles getan, um ihr exotisches Aussehen zu unterstreichen. Als Jimmy nach seiner ersten Begegnung mit ihr heimschlenderte, hatte er das Gefühl, daß sein Leben wieder einen Inhalt bekommen hatte.

Vom ersten Augenblick an liebte er Minn Lee; sooft es sich machen ließ, kam er in Perellis Wohnung. Minn Lee beobachtete diese Entwicklung ernst. Für sie gab es nur einen Mann – Tony Perelli.

Eines Tages fragte Tony sie, ob sie ihn liebe. Ihre Antwort war etwas unklar, und er fühlte sich verletzt. In diesem Punkt war er sehr empfindlich.

»Ich glaube schon«, sagte sie. »Vielleicht weiß ich auch gar nicht, was Liebe eigentlich ist. Die Frauen, die bei uns verkehren, sprechen so viel darüber – aber auch so gleichgültig wie etwa über eine Gesichtsmassage oder ein neues Gemälde. Versteh mich richtig – ich kann nicht darüber sprechen.«

Er runzelte die Stirn und sah sie mit einem abwägenden Blick an.

»Ich möchte es aber wissen, ob du mich liebst ... Nimm einmal an, vor der Tür würde jemand stehen, der mich umlegen will, und ich sagte zu dir, daß du als erste, vor mir, hinausgehen sollst. Würdest du gehen, obwohl du wüßtest, daß der Mann sofort schießt ...?«

Sie lachte. Dann schaute sie ihm eindringlich in die Augen.

»Ich würde es mir keine Sekunde überlegen, wenn du es mir sagtest.«

Tony atmete schnell.

»Aber es wäre doch dein Tod, Minn Lee!«

Sie nickte.

»Das bedeutet nichts.«

»Würdest du das auch für einen andern tun?«

»Nein«, sagte sie nach kurzem Nachdenken. »Für niemand sonst.«

Er lächelte freudig, und seine dunklen Augen leuchteten auf.

»Dann liebst du mich mehr, als du denkst.«

6

Tony Perelli dachte sehr viel über seinen neuen Mann nach. Jimmy war ihm irgendwie sympathisch, soweit ihm überhaupt irgend jemand sympathisch sein konnte. Dauernd überlegte er, welchen Platz er ihm in seiner Organisation anweisen könnte; leider schien vorerst keine Stellung für ihn zu passen. Für einen Unterhändler besaß er nicht die nötigen Kenntnisse und auch nicht die nötige Ruhe. Sicher würde er nie etwas verraten, aber ebensowenig war er wohl dazu fähig, jemand aus dem Weg zu räumen.

Am besten schien Jimmy am Platz zu sein, wenn er in Tonys Wohnung Minn Lee aufmerksam zuhörte. Offensichtlich war er in sie verliebt, aber Tony kümmerte sich nicht viel darum. Er sah es fast als ein Kompliment an, daß ein Mann mit Universitätsbildung den gleichen Geschmack hatte wie er selbst.

Auch Kelly interessierte sich für den jungen Mann, und das war in gewisser Weise nicht angenehm. Tony unterschätzte diesen klugen Beamten durchaus nicht, der kaltblütig, schlau und rücksichtslos vorgehen konnte. Daß Kelly eigentlich einen sehr menschenfreundlichen Charakter hatte, ahnten nur wenige Menschen.

Meistens erschien er unerwartet auf der Bildfläche. So kam er auch eines Nachmittags in Tonys Wohnung und unterhielt sich dort mit dem Hausherrn und mit Minn Lee, die er recht gern hatte.

»Sie führen jetzt ein recht glückliches Leben, Minn Lee?« fragte er.

Tony grinste.

»Und ob! Ihr Leben hat ja erst begonnen, als sie zu mir kam!«

»Und wann wird sie sterben?« entgegnete Kelly, der Minn Lee unverwandt ansah.

Tony verzog das Gesicht. Er, dessen Leben ständig bedroht war, fand es sehr unbehaglich, wenn über den Tod einer ihm nahestehenden Person geredet wurde.

»Wer ist denn eigentlich dieser junge Mann, den man jetzt dauernd in Begleitung Ihrer Leute sieht?« wechselte Kelly das Thema.

Tony spielte den Überraschten.

»Ich verstehe nicht . . .«

»Sie verstehen sehr gut – ich meine Mr. McGrath.«

»Ach so, Jimmy!« Tony lächelte nachsichtig. »Er ist ein Freund von einem Bekannten und kommt aus New York, um sich unsere Stadt anzusehen.«

»Wäre es nicht einfacher gewesen, wenn er in New York geblieben wäre und brieflichen Fernunterricht genommen hätte, wie man einen Mord begeht?«

Tony schüttelte vorwurfsvoll den Kopf.

»Ein gräßliches Wort – Mord! Manchmal könnte ich fast Angst bekommen; aber dann fällt mir wieder ein, daß ja mein guter Freund Mr.Kelly im Polizeipräsidium sitzt und dafür sorgt, daß alle Verbrecher auf den elektrischen Stuhl kommen.«

»Ein beruhigendes Gefühl für mich, für Ihren ruhigen Schlaf zu sorgen«, erwiderte Kelly und wiederholte dann seine Frage nach Jimmys Tun und Treiben.

»Ich weiß selbst nicht, was ich mit ihm tun soll. Er stammt aus einer vornehmen Familie und eignet sich eigentlich nicht richtig für unsere Organisation. Vielleicht kann ich ihm einen Posten in Kanada geben.«

»Ist er der Nachfolger Vinsettis?« Kelly nahm kein Blatt vor den Mund. »Ich war schon neugierig, wen Sie als Ersatz wählen würden, nachdem Sie Vinsetti erschossen haben.«

Mr. Perelli war empört.

»Nachdem ich Vinsetti erschossen habe?« wiederholte er aufgebracht. »Wie kommen Sie denn darauf? Ich werde doch nicht Vinsetti, meinen besten Freund, erschießen! Wenn Sie meine Meinung wissen wollen, dann kann ich Ihnen nur sagen, daß ihn Tom Feeneys Leute auf dem Gewissen haben. Und vor allem dieser verdammte Shaun O'Donnell steckte dahinter!«

Kelly wußte längst, daß die Rivalität der beiden Schmuggelorganisationen sich in der letzten Zeit erheblich verstärkt hatte. Er vermutete auch, daß es noch zu bösen Zwischenfällen kommen würde. Feeney war der einzige Bandenführer, der es noch einigermaßen mit Perelli aufnehmen konnte, und es war klar, daß Perelli das ein Dorn im Auge war.

Perelli versuchte, mit Shaun O'Donnell Verbindung aufzunehmen, denn zu seinen Gunsten muß gesagt werden, daß er Frieden haben wollte. Sinnloses Blutvergießen war ihm zuwider, und er hätte gern einen hohen Preis dafür gezahlt, wenn ihn seine Gegner in Ruhe hätten arbeiten lassen. Verbindung mit Shaun herzustellen gelang ihm allerdings vorerst nicht. Dem war zu gut bekannt, daß Tony eines Abends Emilio Moretti mit der einen Hand begrüßt und mit der anderen rücksichtslos niedergeknallt hatte.

Gegen kleinere Banden war Tony von jeher ohne Hemmungen vorgegangen. Er hatte sie weggewischt, wie die Fliegen von der Wand. Tom Feeney aber war ein Brocken, mit dem auch er nicht so schnell fertig wurde.

Perelli bemühte sich also, zu unterhandeln. Jimmy erhielt den Auftrag, mit Shaun O'Donnell zu reden, und traf sich mit ihm beim Mittagessen. Shaun mochte den Jungen recht gern, wenn er auch heimlich über seine Naivität lachte. Keinesfalls sah er eine Gefahr in ihm.

Er hörte ernst zu, als Jimmy möglichst diplomatisch das Terrain zu sondieren versuchte. Dann schüttelte er den Kopf.

»Unmöglich, mein Junge. Tony und mich bringen Sie nicht unter einen Hut.«

»Aber ich versichere Ihnen, daß Tony die Schwierigkeiten zwischen den beiden Organisationen aus der Welt schaffen will.«

Shaun sah ihn von der Seite an.

»Wenn Sie damit zum Ausdruck bringen wollen, daß er mich auf möglichst gefahrlose Weise umbringen will, können Sie recht haben. Nein, nein, kümmern Sie sich nicht weiter um die Sache. Sie passen sowieso nicht richtig hierher. – Übrigens können Sie Con O'Hara ausrichten, daß er seine Frau von Tony Perelli fernhalten soll. Abgesehen davon ist

Con sowieso der nächste, der ins Gras beißen muß, wir haben schon ein Kreuz hinter seinen Namen gemacht.«

Er sah Jimmy fast mitleidig an.

»Verschwinden Sie doch aus Chicago«, fuhr er dann fort. »Es wäre viel besser, wenn Sie wieder zu Mama gingen.«

Jimmy schüttelte den Kopf. Was auch sein Schicksal sein mochte, Minn Lee war das Risiko wert, hierzubleiben. Von Tag zu Tag machte sie tieferen Eindruck auf ihn und beeinflußte ihn immer mehr.

Als Jimmy eines Tages in einem der vornehmsten Hotels in Chicago Tee trank, kam Con O'Hara strahlend auf ihn zu. Er war ein lauter, brutaler Mensch, der viel prahlte, aber trotzdem einen gewissen Sinn für Humor besaß.

»Darf ich Ihnen meine Frau vorstellen, Jimmy ...?«

Der junge Mann sah Mrs. O'Hara erstaunt an. Sie war verhältnismäßig groß, blond und schlank, mit klaren braunen Kinderaugen in einem Madonnengesicht. Ihre Lippen waren sehr rot, und sie wirkte äußerst attraktiv.

»Freut mich, Sie kennenzulernen, Mr. McGrath«, sagte sie. »Habe schon viel von Ihnen gehört.«

Er wünschte fast, daß sie nicht gesprochen hätte, denn ihre sehr gewöhnliche, nachlässige Redeweise paßte ganz und gar nicht zu ihrem Aussehen.

Mary betrachtete Jimmy eingehend und mit offensichtlichem Wohlwollen. Er merkte, daß er ihr gefiel, ohne daß sie sich deshalb besonders für ihn interessierte. Von Con hatte sie schon viel über Jimmy gehört und begegnete ihm deshalb auch nicht mit dem Respekt, den sie ihm entgegengebracht hätte, wenn sie ihn für ein wichtiges Mitglied der Organisation gehalten hätte. Auf jeden Fall trug ihr Benehmen dazu bei, daß Jimmy bald bezahlte und sich verabschiedete.

Als er das Hotel verließ, stieß er unerwartet auf Tony Perelli, der zum Michigan Boulevard ging. Er hatte vier seiner

Leute bei sich; zwei gingen vor und zwei hinter ihm. Jimmy vermutete mit Recht, daß auf der anderen Straßenseite ebenfalls vier seiner Leute sich in gleicher Höhe mit ihm hielten. Perelli machte häufig derartige Exkursionen zu Fuß; meistens um irgendwelche kleineren Besorgungen zu erledigen und sich dabei die nötige körperliche Bewegung zu verschaffen.

Jimmy wußte, daß Perelli es nicht liebte, wenn man ihn auf der Straße begrüßte; er folgte deshalb dem großen Mann in respektvollem Abstand. Als sie in den breiten Boulevard einbogen, schoben sich die vier Begleiter näher an Perelli heran. Sie waren noch keine fünfzig Meter weitergekommen, als plötzlich ein geschlossener Wagen an das Trottoir heranfuhr und kurz vor Tony und seinen Leuten stoppte...

Bevor Jimmy überlegen konnte, ratterte eine Garbe aus dem Seitenfenster der Limousine. Ein Geschoß pfiff so dicht an Jimmys Gesicht vorbei, daß es ihn fast gestreift hätte.

Als er wieder richtig zur Besinnung kam, lag schon einer von Perellis Begleitern auf dem Pflaster. Die drei anderen leerten die Magazine ihrer Pistolen auf den Wagen, der mit einem scharfen Ruck anfuhr, ins Schlingern geriet und sich plötzlich quer auf die Straße stellte.

Der lebhafte Verkehr kam zum Stillstand. Die Sirene eines Streifenwagens heulte auf, und in Sekundenschnelle hatten Polizisten das Auto umringt. Einer riß den Wagenschlag auf und zog den Fahrer heraus; er war bewußtlos, sein Gesicht blutüberströmt.

Die beiden anderen Leute lagen zusammengesunken auf dem Rücksitz. Tonys Begleiter hatten ihrer Fertigkeit im Schießen alle Ehre gemacht.

Eine Stunde später kam Perelli zornig und wütend vom Polizeipräsidium nach Hause. Es kam nicht häufig vor, daß er seine Haltung verlor – aber einer seiner besten Leute war tot, und es bot ihm keine große Genugtuung, daß zwei seiner Gegner im Schauhaus lagen.

»Selbstverständlich waren es Tom Feeneys Leute, und Shaun O'Donnell hatte sie dirigiert!«

Minn Lee legte ihm vorsichtig einen neuen Verband um eine blutige Schramme an seiner Hand.

»Ja, so geht es, Jimmy«, fuhr er etwas ruhiger fort. »Heute morgen schickte mir Shaun eine Nachricht, daß er die Absicht hätte, sich mit mir in aller Ruhe über die Beilegung unserer Streitigkeiten zu unterhalten. Und heute nachmittag versucht er, mich umlegen zu lassen ... Das Schlimmste aber ist, daß der Kerl Minn Lee schlechtgemacht hat. Und Sie glauben gar nicht, auf welch üble Weise, Jimmy!«

Der junge Mann starrte ihn an.

»Aber warum denn?« fragte er aufgebracht. »Minn Lee hat ihm doch nichts getan ...«

»Ich weiß es aber ganz genau«, wiederholte Perelli. »Werde Ihnen das später erklären – jetzt möchte ich einmal mit Ihnen sprechen.« Er zog Jimmy auf den Dachgarten hinaus.

»Sie müssen noch einmal mit O'Donnell reden, Jimmy. Rufen Sie ihn an und sagen Sie ihm, daß Sie ihm einen Vorschlag zu machen hätten. Erklären Sie ihm, daß ich nichts von Ihrem Anruf weiß, daß Sie aber ein Mittel gefunden hätten, alles wieder ins richtige Lot zu bringen.«

Es dauerte fast zwei Stunden, bevor Jimmy endlich O'Donnell telefonisch erreichen konnte. Shaun war in den letzten Tagen übervorsichtig geworden, und seine ersten Worte klangen nicht gerade ermutigend.

»Wenn Sie es nicht wären, Jimmy, würde ich offen sagen, Sie sollen sich zum Teufel scheren.«

»Können wir uns nicht irgendwo treffen? Ich glaube, daß ich Ihnen etwas recht Interessantes mitteilen kann.«

Ein kurzes Schweigen folgte.

»Glaubt Perelli etwa, daß ich etwas mit der heutigen Schießerei zu tun habe?« fragte Shaun dann. In seiner Stimme lag ein ungewöhnlich ängstlicher Ton.

»Wieso?« erwiderte Jimmy zögernd. »Ich glaube schon.«

Diese unerwartete Offenheit verblüffte Shaun O'Donnell und machte ihn neugierig und unvorsichtig.

»Schön, treffen wir uns. Kommen Sie heute abend um zehn an die Ecke der Michigan Avenue und der Achtundvierzigsten Straße. Bringen Sie niemand mit, Jimmy – ich traue Ihnen. Viel wird bei unserer Unterhaltung allerdings wohl nicht herauskommen.«

Jimmy berichtete über den Inhalt des Gesprächs, und Tony klopfte ihm auf die Schulter.

»Das haben Sie gar nicht übel gemacht. Also, nehmen Sie den kleinen Sportwagen und warten Sie an der vereinbarten Stelle. Con kann sich auf den Boden des Wagens kauern, so daß ihn keiner sieht. Wahrscheinlich werden Sie ihn aber gar nicht brauchen.«

Jimmy schaute ihn verständnislos an.

»Ich verstehe nicht recht – was soll ich denn tun?«

Perelli sah ihn kalt an, zog einen Browning aus der Tasche und gab ihn Jimmy.

»Stecken Sie ihn in die Brusttasche Ihres Jacketts, Jimmy, und schießen Sie ohne Zögern.«

Tiefes Schweigen. Jimmys Gesicht wurde weiß.

»Was soll ich tun?« brachte er schließlich kaum verständlich hervor.

»Sie sollen Shaun O'Donnell über den Haufen schießen!«

7

Jimmy McGrath kam erst wieder zu sich, als er die Tür zu seinem Zimmer aufschloß. Er wußte nicht, wie er nach Hause gekommen war, und auch jetzt bewegte er sich noch wie im Traum.

Er sollte einen Menschen ermorden, und zwar kaltblütig und mit voller Überlegung. Einen Mann, der ihm vertraute!

Verzweifelt ließ er sich auf einen Stuhl fallen, stützte den Kopf in die Hände und grübelte. Die Situation kam ihm völlig unwahrscheinlich vor – aber so sehr er sich auch bemühte, Klarheit in seine Gedanken zu bringen, ließ sich doch an der Tatsache nicht rütteln, daß er vielleicht bald ein Mörder war. Sollte er Shaun warnen? Das wäre einfach genug gewesen. Aber was dann? Tony Perelli würde es doch herausbekommen, und dann gab es nur eine Strafe.

Aber es war nicht die Furcht vor Strafe, die Jimmy zurückhielt, sondern das Gefühl, daß er Tony Perelli verpflichtet war. Er wußte gut genug, daß er sich völlig in seine Hand gegeben hatte, und wenn sich auch alles in ihm gegen eine solche Tat aufbäumte, sah er sich doch zu absolutem Gehorsam gezwungen.

So weit war es also jetzt mit ihm gekommen. Nun, wenn es ihm gelang, Shaun O'Donnell zu töten, würden Feeneys Leute ein schwarzes Kreuz hinter seinen Namen machen. Er lachte gequält bei diesem Gedanken; auch das flößte ihm keine Furcht mehr ein. Wenn er Shaun tötete, hatte auch er den Tod verdient.

Es klopfte an seiner Tür; er sprang auf, ging in die kleine Diele und öffnete.

Draußen stand O'Hara. Er trug einen neuen grauen Anzug; den Hut hatte er aus der Stirn geschoben; im Mund hing seine Zigarre.

»Beschäftigt?« fragte er.

Jimmy öffnete die Tür ganz und ließ ihn herein.

»Was, hier wohnen Sie?« Er sah sich kopfschüttelnd in dem einfachen Raum um. »Nein, das ist wirklich nichts für einen Mann, der zu Perellis Organisation gehört. Na, ich denke, daß Ihnen Tony bald eine schönere Wohnung einrichten wird.«

Nachlässig setzte er sich auf den Tisch und betrachtete Jimmy neugierig. »Fertig für heute abend?«

Jimmy nickte. Er wollte gleichgültig erscheinen und riß sich zusammen.

»Natürlich, ich bin bereit.«

»Wenn Sie nachher zu unserer Garage gehen und in den kleinen Sportwagen steigen, dann kümmern Sie sich nicht um den Mann, der auf dem Boden sitzt – das bin nur ich. Feeneys Spitzel haben verdammt scharfe Augen. Die Burschen sind natürlich da, wenn der Wagen aus der Garage fährt, und wenn ich dann neben Ihnen säße, wäre die Geschichte schon verraten.«

Con O'Hara war auf seine Art ein kluger Mann, der die Lage genau überschaute. Das kommende Abenteuer bedeutete nichts Besonderes für ihn, er betrachtete es als Arbeit, die erledigt werden mußte wie jede andere.

Nachdenklich sah er Jimmy an. Es war nicht das erstemal, daß er einen Anfänger zu begleiten hatte.

»Machen Sie sich keine Sorgen«, meinte er schließlich gutmütig, nahm die Zigarre aus dem Mund und blies den Rauch zur Decke. »Denken Sie nur an die vielen Kollegen, die Shaun O'Donnell schon auf dem Gewissen hat!«

Jimmy machte eine ungeduldige Bewegung.

»Ich möchte möglichst wenig über die Sache nachdenken.«

»Ganz recht, möglichst wenig nachdenken!« stimmte Con bei.

Er gab Jimmy noch einige Instruktionen, diktierte ihm einen genauen Zeitplan und ging dann wieder fort, um Tony Perelli über den Erfolg seines Besuches zu unterrichten.

Tony war aber nicht zu Hause; wahrscheinlich fuhr er irgendwo mit Minn Lee spazieren. Er benützte dazu einen gepanzerten Wagen; selbstverständlich hielt er keine bestimmten Zeiten für seine Spazierfahrten ein und fuhr auch immer wieder woanders hin.

In der Wohnung war wie gewöhnlich Angelo Verona, der Frachtlisten und andere Schriftstücke durchsah, die aus Kanada gekommen waren. Als rechte Hand Tony Perellis wurde er von allen als sein Nachfolger angesehen. Merkwürdigerweise stammte er nicht aus Sizilien; seinen eigentlichen Namen kannte niemand. Er war klug, geschäftstüchtig und besaß großes Organisationstalent.

Feeneys und O'Donnells Leute respektierten und fürchteten ihn. Shaun pflegte zu sagen, daß Angelo das gefährlichste Mitglied von Perellis Bande sei; zu dieser Meinung trug die Tatsache bei, daß Angelo ein ausgezeichneter Pistolenschütze war, ein Experte für Maschinengewehre und eine Autorität auf dem Gebiet des Alkoholschmuggels.

Der Respekt, den Shaun O'Donnell vor Angelo hatte, war übrigens nicht gegenseitig. Angelo konnte keine Iren leiden, und aus diesem Grund war ihm auch Con O'Hara unsympathisch.

»Ist der Chef zu Hause?« fragte Con, ließ sich in dem bequemsten Sessel nieder und steckte sich eine neue Zigarre an.

Angelo sah von seiner Arbeit auf und schüttelte den Kopf.

»Ich war eben bei Jimmy McGrath«, erklärte Con. »Aus dem wird niemals ein richtiger Kerl – nicht in einer Million Jahren.«

»So, meinen Sie?« erkundigte sich Verona höflich.

In diesem Augenblick trat Tony ein. Er nickte Con nachlässig zu, ging zu Angelo und unterhielt sich mit ihm auf italienisch.

Con, der diese Sprache nicht verstand, fühlte sich zurückgesetzt.

»Könnt ihr euch nicht vernünftig unterhalten?« fragte er.

Perelli drehte sich um und sah ihn scharf an.

»Wer hat Sie eigentlich aufgefordert, in meine Wohnung zu kommen?«

»Ich wollte mit Ihnen über Jimmy sprechen«, erwiderte Con ärgerlich. »Wäre mir lieber, ich könnte den Auftrag ohne ihn erledigen. Der Junge sieht so aus, als ob er beim ersten Schuß umkippte.«

Perelli ging langsam zu ihm hinüber, blieb vor ihm stehen und stützte die Hände in die Hüften.

»Habe ich gefragt, was Sie möchten? Diesmal ist Jimmy an der Reihe. Sie gehen nur mit, um ihm zu helfen, falls er nervös wird und Shaun Zeit hat, sein Schießeisen zu ziehen. Es handelt sich nicht darum, daß Sie ihn mitnehmen – er nimmt Sie mit. Vergessen Sie das nicht, Con O'Hara!«

Das Gesicht des Iren verfinsterte sich noch mehr.

»Hab' schon verstanden«, knurrte er.

Er versuchte noch eine Zeitlang, mit Perelli eine freundlichere Unterhaltung in Gang zu bringen, als ihm das aber nicht gelang, ging er beleidigt fort.

Nachdem sich die Tür hinter ihm geschlossen hatte, sahen sich beide schweigend an.

»Es ist nicht recht, daß du dem Jungen diesen Auftrag gibst«, sagte Angelo schließlich. »Wenn er Erfahrungen sammeln soll, so gib ihm eine weniger wichtige Aufgabe.«

Tony schüttelte den Kopf.

»Er gehört immer noch nicht richtig zu uns – und solange er sich nicht auf Schritt und Tritt in acht nehmen muß und weiß, daß Feeneys Leute nur auf ihn warten, kann ich ihm nicht ganz vertrauen.«

Tony fuhr häufig in die Stadt, um in verschiedenen Schwarzbrennereien und Lokalen persönlich nach dem Rechten zu sehen. Für gewöhnlich tat er dies abends, und so waren die

Stunden zwischen sechs und neun für Minn Lee sehr langweilig. Jimmys Besuch brachte ihr eine angenehme Zerstreuung.

Er war in der letzten Zeit seltener gekommen, obwohl sie ihn merken ließ, daß sie ihn gern hatte. Tatsächlich war er ihr sehr sympathisch; schon deswegen, weil er aus einem Milieu stammte, das sie fast vergessen hatte, seitdem sie die Universität verlassen hatte.

»Nett von Ihnen, Jimmy, daß Sie mich wieder einmal besuchen«, begrüßte sie ihn freundlich. »Ich dachte schon, Sie hätten etwas gegen mich ...«, erschrocken brach sie ab, als sie den sonderbaren Ausdruck in seinen Zügen sah.

»Geht es Ihnen nicht gut?«

»Doch, doch – ich wollte nur ein wenig mit Ihnen plaudern ...«

Sie lächelte und zeigte auf einen Stuhl.

»Machen Sie es sich bequem, Jimmy. Tony kommt erst um zehn wieder nach Hause.«

Er holte tief Atem. Um zehn Uhr würde sich viel ereignet haben.

Es fiel ihm schwer, einen Anfang zu finden, aber schließlich sprach er doch.

»Ich wollte Ihnen nur etwas sagen ... Kann sein, daß mir etwas zustößt, und dann sollten Sie wissen, daß ich Sie sehr gern gehabt habe. Das klingt so banal – aber es ist so, Sie haben mir sehr viel bedeutet!«

»Was meinen Sie damit, daß Ihnen etwas zustoßen könnte, Jimmy?« fragte sie nach einiger Zeit ruhig und zwang sich zu einem Lächeln.

»Nun, Sie wissen ja, was das Leben in Perellis Nähe bedeutet ...«

»Aber warum sollte Ihnen denn etwas passieren, Jimmy?« Sie verbarg mühsam einen Schrecken, der so groß war, daß sie selbst darüber staunte. »Ist heute abend irgend etwas los ...?«

Er wollte ihr schon antworten, besann sich dann aber und schüttelte den Kopf.

»Nein, nein. Reden wir nicht weiter davon ... Ich bin nur ein wenig nervös.«

Er stand auf.

»Sie wollen schon wieder gehen?« fragte sie verwundert.

Er nickte und sah ihr einen Moment lang in die Augen. Dann trat er schnell auf sie zu, nahm ihre Hand und drückte sie an seine Lippen. In der nächsten Sekunde hatte sich die Tür hinter ihm geschlossen.

Die Garage lag nicht weit entfernt. Er ging zu Fuß dorthin, öffnete mit einem Schlüssel, trat ein und flüsterte Cons Namen.

»Leise, Sie Idiot«, zischte eine Stimme.

In dem offenen Sportwagen kauerte bereits O'Hara, der eine alte Plane über sich gezogen hatte.

Ohne ein weiteres Wort setzte sich Jimmy ans Steuer, fuhr den Wagen aus der Garage, bog nach links ein und erreichte fünf Minuten später die Michigan Avenue.

Ein Wagen überholte ihn, hielt sich einen Augenblick auf gleicher Höhe, und einer der Insassen leuchtete ihm mit einer Taschenlampe ins Gesicht.

»Nun, was habe ich gesagt, Jimmy?« Con O'Hara hatte die Plane ein wenig gelüftet und den Vorgang beobachtet. »Sie halten Ausschau nach mir.«

»Warum denn gerade nach Ihnen?« Es war das erste Wort, das Jimmy an seinen Begleiter richtete, seitdem sie weggefahren waren.

»Nach mir oder nach sonst jemand«, entgegnete Con ungeduldig. »Wenn ich offen an Ihrer Seite gesessen hätte, wäre das der Abschied von Chicago und dem Leben gewesen.«

Als sie die Randbezirke der Stadt erreichten, wurden sie noch einmal kontrolliert. Ein zweiter Wagen kam langsam mit aufgeblendeten Scheinwerfern auf sie zu. Jimmy schloß einen Augenblick die Augen.

»Jetzt wären wir bald soweit«, flüsterte Con. »Immer ruhig Blut, Jimmy.«

Sie kamen zu der verabredeten Stelle, einer verlassenen kleinen Nebenstraße. Das Eckgrundstück war nicht bebaut und von einem einfachen Bretterzaun umgeben. Jimmy hielt zwanzig Meter weiter. Sein Herz schlug so wild, daß er kaum atmen konnte. Er zog die Pistole aus der Tasche und entsicherte; dann legte er die Waffe neben sich auf den Sitz.

Niemand war zu sehen, nur einige Wagen fuhren stadteinwärts.

»Können Sie etwas sehen?« fragte Con unter seiner Plane.

»Nichts.«

Jimmy schaute nach rückwärts. Eine Frau kam auf sie zu, die einen schweren Korb trug. Offenbar war sie eine Hausangestellte. Gleich darauf ging sie vorüber. Und dann sah Jimmy eine Gestalt, die sich im Schatten der Häuser schnell näherte. Kalter Schweiß trat ihm auf die Stirn, als er Shaun erkannte.

Obwohl seine Beine den Dienst zu versagen drohten, stieg er aus. Seine Rechte umklammerte hinter seinem Rücken die Waffe.

»Na, Jimmy, was gibt's?« Shaun O'Donnell kam auf ihn zu. »Ich habe nur ein paar Minuten für Sie übrig, mein Junge. Es gibt Schwierigkeiten in der Stadt, und . . .«

Jimmy flimmerte es vor den Augen. Ohne einen klaren Gedanken zu fassen, ohne überhaupt zu wissen, was er tat, riß er plötzlich die Pistole hoch und feuerte. Als der erste Schuß vorbeiging, drückte er noch einmal ab. Shaun O'Donnell griff in die Tasche nach seinem Revolver und taumelte zur Seite.

»Sie . . .!«

Drei Schüsse donnerten in schneller Folge an Jimmys Ohr vorbei. Con O'Hara zielte kühn, ruhig und sicher. Shaun brach zusammen. Irgendwo hörte man den schrillen Pfiff eines Polizisten.

»Schnell zurück!« rief Con und zerrte Jimmy zum Wagen.

Er warf sich hinter das Steuer, Jimmy kauerte neben ihm. Er konnte sich nicht mehr rühren und war immer noch keines Gedankens fähig.

Shaun O'Donnell war tot – und er hatte ihn auf dem Gewissen. Er stöhnte verzweifelt.

Der Wagen nahm mit kreischenden Reifen die Kurven. Con O'Hara war früher Berufsfahrer gewesen und hatte an Rennen teilgenommen.

»Ich habe ihn erwischt«, sagte er. »Sie haben natürlich vorbeigeknallt – na, ich mache Ihnen keinen Vorwurf daraus. Meine Erfahrung und meine Nerven hat nicht jeder. Wenn ich einmal jemanden aufs Korn nehme, dann ist's vorbei! Nehmen Sie doch einen Schluck aus der Flasche ...«

Jimmy starrte durch die Windschutzscheibe. So oder so – auch er war zum Mörder geworden.

8

Die Nachricht verbreitete sich mit Windeseile in der Unterwelt von Chicago. Shaun O'Donnell hatte dran glauben müssen! Das war eine sehr interessante Neuigkeit, denn immerhin war Shaun unter vielen kleinen ein großer Gangster gewesen.

Seine Frau war völlig fassungslos, als ihr Captain Kelly die Mitteilung machte und sie im Wagen in das Krankenhaus brachte, in dem Shaun lag. Es bestand keine Hoffnung mehr, und man hatte bereits in aller Eile einen Priester rufen lassen.

Der Geistliche stand neben Kelly an dem Bett des Bewußtlosen. Der Arzt saß gelassen dabei; er wußte, daß jede Hilfe umsonst war.

Der Priester, noch jung und ein Idealist, holte tief Atem.

»Ich kann diese Art Verbrecher nicht verstehen«, sagte er traurig. »Jede Woche lese ich in den Zeitungen, daß jemand erschossen worden ist. Ist dies auch ein Bandenmord?«

Kelly nickte.

»Ja, der Mann gehört zu Tom Feeneys Leuten.« Er wandte sich zu dem Polizisten um, der an der Tür stand. »Hat er eigentlich noch irgend etwas gesagt?«

Der Polizist glaubte das Wort ›Jimmy‹ gehört zu haben. Er war auch sicher, daß Shaun noch leise vor sich hin geflucht hatte.

Kelly kam die ganze Angelegenheit sehr merkwürdig vor. Vor allem wunderte er sich darüber, daß Shaun ohne seine Leibwache, anscheinend sogar ohne einen einzigen Begleiter gekommen war. Es kam ihm der Gedanke, ob nicht Tom selbst seinen Schwager in den Tod geschickt hatte. Er äußerte diesen Verdacht auch laut.

»Was, seine eigenen Leute?« erwiderte der Priester bestürzt. »Aber warum denn?«

»Manchmal erkaufen sie damit einen Waffenstillstand«, erklärte ihm der Beamte. »Die Bandenchefs können natürlich nicht immer jede Handlung ihrer Leute kontrollieren, und wenn einer von ihnen auf eigene Faust auf ein Mitglied einer anderen Bande schießt, dann muß sich der Chef überlegen, ob er die Konsequenzen tragen will, oder ob er den Mann opfert – das heißt, daß er ihn mit einem Auftrag zu einer Stelle schickt, wo die Leute der anderen Bande ihn umlegen können.«

»Unmenschlich«, flüsterte der Priester.

»Ja, das wäre es«, entgegnete Kelly mit einem eisigen Lächeln, »wenn diese Leute den Begriff menschlich in irgendeiner Beziehung überhaupt kennen würden.«

Shaun rührte sich und murmelte einige undeutliche Worte. Der Arzt sah schnell auf.

»Sie haben nicht viel Zeit«, sagte er leise zu dem Kriminalbeamten.

Kelly setzte sich auf die andere Seite des Bettes und neigte sich über den Sterbenden.

»Hallo, Shaun, erkennen Sie mich? Captain Kelly . . .« Er sah ein schwaches Aufleuchten in den Augen Shauns. »Man hat Sie hereingelegt, mein Junge – sagen Sie mir, wer es getan hat.« Er neigte sich noch näher zu ihm und nickte. »Ja, Shaun, die eigenen Leute haben Sie in den Tod geschickt – habe ich nicht recht?«

Er lauschte erwartungsvoll.

Shaun O'Donnell verstand ihn, aber er antwortete nicht.

»Sprechen Sie doch! War es Feeney selbst – oder waren es doch Perellis Leute?« Er sah Shaun durchdringend an und sprach geradezu beschwörend auf ihn ein. »Sagen Sie es mir doch – war es Con O'Hara, der Sie erledigt hat . . .?«

Er wartete, wartete . . .

Aber getreu der Tradition sprach Shaun nicht. Die Polizei bedeutete ihm nichts, und das Versprechen Kellys, ihn zu rächen, hatte keinen Wert für ihn. Er brauchte dieses Versprechen nicht, denn er wußte, daß seine eigenen Leute schnell genug diese Tat sühnen würden. Sicher waren schon jetzt alle Hebel in Bewegung gesetzt, um ihn zu rächen.

Kelly las die dunkle Entschlossenheit in den Augen des Sterbenden. Er wandte sich zu dem Priester und winkte ihn näher.

»So sind sie immer . . .«, sagte er bitter.

Es ging rasch mit Shaun zu Ende. Seine Frau erkannte er kaum noch, und schon nach einigen Minuten erhob sich der Arzt achselzuckend von dem Bett des Toten.

Mrs. O'Donnell hatte vorher geweint, aber jetzt zeigte sie sich gleich wieder gefaßt und gab nüchtern, fast herzlos ihre

Anordnungen. Es schien sie abzulenken, das Begräbnis gleich in allen Einzelheiten festzulegen.

Der Arzt, in dessen kleinem Zimmer sie mit den drei zuverlässigsten Unterführern der Bande stand, lauschte erstaunt ihren Worten. Schließlich verabschiedete sie sich und fuhr mit ihren Begleitern in ihre eigene Wohnung zurück.

Der wichtigste der drei Männer war Spike Milligan, blond und noch verhältnismäßig jung. Er sah aus wie ein gutsituierter Bankbeamter, war aber um einiges gefährlicher. Energisch betonte er jetzt, daß es wichtig sei, sofort Gegenmaßnahmen zu ergreifen. Tom Feeney war gerade in Indiana, wo er wichtige Geschäfte zu erledigen hatte. Milligan hatte ihn aber telefonisch schon erreichen können, und Tom raste nun in höchster Eile nach Chicago zurück.

»Es waren Jimmy McGrath und Con O'Hara«, sagte Mrs. O'Donnell. »Sie haben sie zurückkommen sehen, Spike?«

Der junge Mann nickte.

»Ich wußte, daß Shaun eine Verabredung mit Jimmy hatte«, fuhr sie fort. »Er hat mir vorher gesagt, wohin er ging, und ich versuchte ihn zurückzuhalten. Perelli hat Jimmy geschickt, weil er wußte, daß Shaun dem Jungen traute. Die beiden müssen erledigt sein, noch bevor Tom zurückkommt!«

»Das ist auch meine Meinung«, erklärte Spike, und die anderen nickten beifällig.

»Jimmy hat doch nichts zu bedeuten – der ist ja noch ein Anfänger . . .«

»Aber trotzdem soll er nicht davonkommen«, sagte Spike entschieden. »O'Hara hat eine Wohnung im Norden – er wohnt mit seiner Frau zusammen.«

»Und Perelli . . .?« fragte einer.

»Hat keiner von euch Mut genug, es ihm heimzuzahlen?« entgegnete Mrs. O'Donnell verächtlich.

Spike betrachtete nachdenklich seine sorgfältig manikürten Fingernägel.

»Das ist nicht so einfach«, meinte er dann fast entschuldigend. »Zumindest muß das genau überlegt werden. Bei den anderen beiden ist es eine Kleinigkeit – sie denken wahrscheinlich, daß sie gar nicht erkannt worden sind. Wenn sie nicht geflohen sind, werde ich persönlich Con und Jimmy erledigen.«

Glühender Haß leuchtete aus den harten Augen der Frau.

»Und wenn es sonst niemand tut, werde ich Perelli niederschießen«, sagte sie heftig.

Es folgte ein langes Schweigen, dann erhob sie sich plötzlich. »Los, erledigt die zwei«, befahl sie kurz. Ihre Leute machten sich daran, den Auftrag auszuführen.

9

Jimmy McGrath reagierte sehr merkwürdig auf sein Erlebnis. Er war plötzlich völlig ruhig, und seine Gedanken hatten sich seit langer Zeit wieder einmal ganz geordnet, als er sich von Con O'Hara verabschiedete und zu Fuß nach Hause ging.

Der Mord, an dem er teilgenommen hatte, stand kristallklar vor seinen Augen. Blut klebte jetzt an seinen Händen, das Blut eines Mannes, der ihn gern gemocht hatte. Doch ebenso klar war ihm, daß es einen Weg zurück von nun ab nicht mehr gab. Auf Gedeih und Verderb gehörte er jetzt zu den Alkoholschmugglern.

Er stieg die Treppe zu seinem Zimmer hinauf, schloß die Tür auf und machte Licht. Dann verriegelte er von innen und wusch sich die Hände. Rock, Weste und Schuhe zog er aus, löschte das Licht und warf sich auf das Bett.

Er versank sofort in einen traumlosen Schlaf, aus dem er erst hochschreckte, als hart an seine Tür geklopft wurde. Sofort hellwach, sprang er hoch und griff nach der Pistole, die noch auf dem Tisch lag. Sein Herz hämmerte wild. Wieder klopfte es, dann hörte er eine bekannte Stimme. Es war Angelo. »Machen Sie auf, Jimmy!«

Der junge Mann öffnete, und Angelo trat ein.

»Ach, haben Sie geschlafen?« fragte er verwundert. »Ziehen Sie schnell Ihre Schuhe und Ihren Rock an.«

»Schickt Tony nach mir?«

Angelo schüttelte ungeduldig den Kopf.

»Nein, das nicht – wir müssen jetzt vor allen Dingen einen anderen Unterschlupf für Sie ausfindig machen, wo Sie sich aufhalten können. Hier ist es nicht sicher.«

Jimmy hatte ein trockenes Gefühl in der Kehle.

»Wissen die anderen schon«, stammelte er, »daß ich Shaun ...«

»Natürlich wissen sie es«, entgegnete Angelo kühl. »Man hat Sie gesehen, als Sie mit Con zur Stadt zurückfuhren.« Er sah auf die Uhr. »Beeilen Sie sich!«

Jimmy kleidete sich eilig an, steckte die Pistole ein und folgte Angelo.

Vorsichtig traten sie auf die Straße. In einiger Entfernung von der Haustür stand ein Wagen, an dem zwei Männer lehnten. Sie liefen eilig darauf zu und stiegen ein.

Eine Viertelstunde später hatte Jimmy ein neues Quartier in einem kleinen Hotel in der Nähe von Tonys Wohnung.

»Machen Sie keinem Menschen auf«, instruierte ihn Angelo. »Tony wird dann später mit Ihnen sprechen; das Hotel hier gehört ihm, und Sie sind für die Nacht völlig sicher.«

Spike Milligan wollte sich Jimmy McGrath für später aufsparen und erst den schwierigeren Teil seiner Aufgabe erledigen.

Er wußte, wo Con O'Haras Wohnung war. Als er dort ankam, sah er, daß Licht brannte. Er ging zur nächsten Telefonzelle und rief ihn an.

»Con, bist du's?« Milligan kannte O'Hara, denn sie hatten in New York einmal der gleichen Bande angehört. »Hier spricht Spike.«

»Na, und?« entgegnete Con vorsichtig.

»Hör mal zu – ich muß dich unbedingt sprechen. Shaun O'Donnell ist diese Nacht umgelegt worden, und es sieht so aus, als ob unsere ganze Organisation zum Teufel ginge. Habe ich Chancen, bei euch unterzukommen?«

Con O'Hara war nicht gerade schlau, aber er hatte wie die meisten primitiven Menschen einen gewissen Instinkt für Gefahren.

»Schon möglich. Wir können ja morgen einmal miteinander reden. Ich habe gerade eine scheußliche Grippe am Hals und bin die ganze Nacht zu Hause gewesen.«

»Ich hab's aber ziemlich eilig – können wir uns nicht gleich treffen?«

»Besser, wir verschieben es auf morgen früh.«

»Ich könnte ja auch zu dir kommen?« bohrte Spike hartnäckig weiter.

»Du weißt nicht, was du damit für ein Risiko eingehst, mein Junge«, sagte Con mit sonderbarer Betonung.

Spike hängte ab und überlegte. Wie alle anderen hatte er etwas Angst vor Mrs. O'Donnell. Keinesfalls traute er sich zu ihr zurückzukommen, ohne etwas erreicht zu haben.

Kurz entschlossen ging er zu seinen Begleitern zurück, und nach kurzer Beratung machten sie sich alle drei auf den Weg zu Con O'Haras Wohnung.

Aber als sie in der Nähe des Hauses waren, hielt vor der Haustür gerade eine schwere, dunkle Limousine. Die Scheinwerfer wurden auf Standlicht geschaltet, aber niemand stieg aus.

Spike, der im Schatten einer Toreinfahrt stand und den Vorgang beobachtete, grinste. Es wäre glatter Selbstmord gewesen, sich in das Haus zu wagen. Sie gingen deshalb zu ihren Autos zurück und fuhren zu Jimmys Wohnung. Wenn auch dort ein Wagen wartete, blieb nichts anderes übrig, als unverrichteter Dinge umzukehren.

Langsam fuhren sie an dem Haus vorbei, konnten aber nirgends etwas Verdächtiges bemerken. Hundert Meter entfernt stieg Spike aus, schlenderte langsam zurück und öffnete mit Hilfe seines Dietrichs und seiner beachtlichen Fingerfertigkeit die Haustür.

Im Hausflur war es stockdunkel. Leise stieg er die Treppe zum dritten Stock hinauf und klopfte vorsichtig an Jimmys Tür. Keine Antwort. Er klopfte wieder und lauschte angestrengt – nicht das geringste Geräusch, kein Knarren der Matratze, keine heimlichen Schritte. Er drückte die Klinke nieder und wußte sofort, daß niemand im Raum war, als sich die Tür öffnen ließ. Spike machte Licht und sah sich um. Aus allen Anzeichen konnte er schließen, daß das Zimmer eilig verlassen worden war. Perelli hatte gut für seinen Mann gesorgt. Und plötzlich sagte ihm ein Gefühl, daß Gefahr drohte. Wenn Perelli Jimmy fortgebracht hatte, dann wußte er auch, daß jemand hinter dem Jungen her war.

Er drehte das Licht aus und schlich sich leise die Treppe hinunter. Unwillkürlich umklammerten seine Finger noch fester den Kolben des Revolvers, den er in Hüfthöhe hielt.

Vorsichtig zog er die Haustür wieder auf und lauschte angestrengt. Dann blieb er plötzlich wie erstarrt stehen, denn unmittelbar vor ihm am Fuß der Treppenstufen, die er hinuntergehen mußte, stand die Limousine, die er schon vorher in der Nähe von Con O'Haras Wohnung gesehen hatte. Einen Moment lang verließ ihn seine ganze Geistesgegenwart – im nächsten Augenblick preßte sich ein harter Gegenstand in seinen Rücken.

»Vorwärts, Spike, keine Umstände«, flüsterte eine Stimme hinter ihm.

Er wurde auf die Stufen hinausgeschoben. Gleichzeitig packten zwei Leute, die neben der Haustür gestanden hatten, seine Arme und nahmen ihm den Revolver weg.

»Was soll das?« fragte er mit heiserer Stimme. Er schaute die Straße auf und ab, konnte aber nichts von seinen eigenen Leuten entdecken – er selbst hatte ihnen befohlen, zwei Häuserblocks entfernt mit dem Wagen zu warten.

Der Mann hinter ihm schloß leise die Haustür.

»Nur eine kleine Fahrt. Sie kennen das ja, Spike«, sagte er.

Man stieß ihn in den Wagen und schob ihn auf den Sitz neben dem Chauffeur. Das Auto fuhr an.

Eine Viertelstunde später hielten sie an einem einsamen Schuttabladeplatz. Spike hatte längst aufgegeben, er wußte, daß jeder Widerstand sinnlos war. Schließlich war er schon oft genug in ähnlichen Situationen gewesen; nur hatte dann immer er die Pistole in der Hand gehabt. Um den Begriff der ausgleichenden Gerechtigkeit hatte er sich eigentlich nie gekümmert, aber so etwas Ähnliches ging ihm jetzt durch den Kopf, kurz bevor hinter ihm der Schuß knallte.

10

Tom Feeney kam von Indianapolis zurück, mehr beunruhigt als rachgierig. Wenn er auch über den wilden Schmerzausbruch erschrak, mit dem ihn seine Schwester empfing, so betrachtete er doch die Lage hauptsächlich vom geschäftlichen Standpunkt aus.

»Spike ist nicht zurückgekommen«, teilte ihm seine Schwester als letzte Hiobsbotschaft mit.

»Kein Wunder! Es war heller Wahnsinn, die drei Leute auf O'Hara und Jimmy zu hetzen. Perelli hat doch nichts anderes erwartet!« Er benützte die Gelegenheit, ihr einen Beweis seiner besseren Taktik zu geben. »Es gibt nur einen Weg, mit Tony fertig zu werden. Und den kenne ich.«

Verärgert und müde ließ er sich in einen Sessel fallen. Neben allem anderen fürchtete er für sein eigenes Leben. Verdrossen überlegte er sich, welche Verbindungen er zu Perellis Bande hatte.

Angelo . . .?

Er stand nicht schlecht mit diesem Mann, der schon früher versucht hatte, eine Interessengemeinschaft der beiden Banden auf die Beine zu stellen. Tom beabsichtigte, dieses Jahr seinen Geburtstag mit einem großen Fest bei Bellini zu feiern, und Angelo hatte schon halb und halb versprochen, daß an diesem Tag Waffenstillstand herrschen solle. Perelli wollte sogar selbst zur Feier erscheinen, um sich bei dieser Gelegenheit mit seinem Rivalen einmal auszusprechen.

Feeneys Lage war schwierig. Es gab niemand, der Shauns Platz hätte einnehmen können. Viele Dinge mußten jetzt überlegt werden, und sein eigenes Leben hing von den Entscheidungen ab, die er traf.

Tony Perelli frühstückte an diesem Tag erst sehr spät, und die Sonne stand schon hoch am Himmel, als er am Klavier saß und spielte. Minn Lee hatte sich in seiner Nähe auf einen Schemel gesetzt und machte mikroskopisch kleine Stiche an einer wunderschönen Drachenstickerei, an der sie schon arbeitete, seitdem sie bei Tony wohnte.

Plötzlich hörte er auf zu spielen und schwang sich auf dem Klavierstuhl zu ihr herum.

»Hat es dir gefallen?«

Sie nickte.

Er gab sehr viel auf ihr Urteil, denn er kannte niemand,

der seiner Musik so hingebungsvoll zuzuhören verstand wie Minn Lee.

»Das war Gounod. Schade, daß der Kerl kein Italiener war. Aber etwas von Italien hat er doch abbekommen. Er wurde nämlich in Rom erzogen. Hast du geglaubt, daß ich das weiß?«

Sie sah ihn mit ihrem freundlichen, unergründlichen Lächeln an.

»Du weißt alles, Tony.«

Er strahlte. Minn Lee war der einzige Mensch auf der Welt, der ihn in eine so vergnügte Stimmung versetzen konnte.

»Wenn es sich um Musik handelt, dann stimmt das«, sagte er. »Wäre ich bei Cosmolino geblieben, so wäre vielleicht doch noch ein tüchtiger Geiger aus mir geworden.«

Für Lob war Perelli außerordentlich empfänglich. Ein Psychiater hätte bei ihm leicht festgestellt, daß er an ganz ausgeprägten Minderwertigkeitskomplexen litt. Zum Teil war daraus auch seine merkwürdige Laufbahn zu erklären, die ihn in der Unterwelt immer höher geführt hatte, weil die Antriebsfeder seines Ehrgeizes ihn nicht zur Ruhe kommen ließ. Ein Beweis dafür war die Tatsache, daß er einmal jemand niedergeschossen hatte, weil der Betreffende seine literarischen Kenntnisse in Zweifel gezogen hatte.

Es klopfte, und Angelo Verona trat ein. Er war nicht in der besten Laune und sah müde aus; schon seit aller Frühe war er unterwegs gewesen, um neue Lieferungen in Empfang zu nehmen, die während der Nacht angekommen waren.

Nachlässig warf er Mantel und Handschuhe auf einen Sessel und zog mehrere Papiere aus der Tasche. Dann schaute er fragend auf Minn Lee.

Tony gab ihr einen Wink.

»Geh auf dein Zimmer. In einer halben Stunde kannst du wieder herunterkommen.«

An der Tür drehte sie sich um. Hatte er sein Versprechen vergessen?

»Du sagtest doch, daß du nachher mit mir ausgehen würdest ...?«

»Ich sagte, daß du nachher wieder herunterkommen sollst!« entgegnete er barsch. »Kannst du nicht hören, wenn ich etwas sage?«

Auch das war Tony – der Tony, den sie nur halb verstand. Sie lächelte wieder, öffnete gehorsam die Tür und verschwand.

»Nun, was gibt's?« fragte Perelli.

Angelo berichtete kurz über Menge und Qualität der zuletzt angekommenen Alkoholsendung. Er legte Perelli eine Liste vor, in der die Ausgaben – Bestechungsgelder, Geschäftsunkosten und sonstiges – genau aufgeführt waren. Tony warf einen Blick darauf, gab sie Angelo zurück und schlenderte dann zum Klavier.

»Sei vorsichtig«, warnte er noch. »Paß auf, daß Feeney uns nicht die ganze Sendung wegschnappt!«

Angelo lächelte und machte eine wegwerfende Geste. Er war fest davon überzeugt, daß Feeneys Organisation sich nicht mehr von dem Schlag erholen würde, den ihr der Tod von Shaun und Spike zugefügt hatte.

Tony hatte sich inzwischen vor das Klavier gesetzt, spielte aber nicht, sondern sah nur in Gedanken versunken vor sich hin. Nach einiger Zeit riß ihn Angelo aus seinen Grübeleien.

»O'Hara redet zuviel – findest du nicht auch?«

Tony schaute gleichgültig hoch.

»Er ist ein Ire – da kann man wenig machen.«

Angelo ärgerte sich über diese Interesselosigkeit und wollte Perelli ein wenig aufrütteln.

»Er hat übrigens ein sehr hübsches Mädchen«, warf er hin.

Wie erwartet, biß Tony an.

»Wußte ich gar nicht«, entgegnete er interessiert.

Angelo seufzte. Es tat ihm schon wieder leid, daß er Tonys schwachen Punkt berührt hatte. Angelo selbst machte sich im allgemeinen wenig aus Frauen: Nur Minn Lee war eine Ausnahme. Sie gefiel ihm so gut, daß er sich oft über sich selbst wunderte.

»Laß doch, Tony«, sagte er unwirsch. »Kannst du denn nie genug kriegen?«

Aber Tony Perelli war jetzt schon in Fahrt.

»Ist sie wirklich so hübsch? Wie kommt denn dieser O'Hara zu einem netten Mädel? Der Kerl ist doch fett, dumm und hat ein entsetzliches Mundwerk.«

»Wenn du schon wieder so anfängst, kann mir Minn Lee nur leid tun«, sagte Angelo und sah auf seine Uhr. »Übrigens wird O'Hara bald hier sein, ich habe ihn heute morgen schon angerufen. Spike versuchte, ihn in der vergangenen Nacht in seiner Wohnung zu sprechen. Bin froh, daß der Kerl erledigt ist.«

Tony zuckte die Achseln und drehte sich zum Klavier um. Gleich darauf verließ Angelo das Zimmer.

Fünf Minuten später schrillte eine Klingel, und einen Augenblick später hörte Tony eine laute Stimme. Er schüttelte den Kopf. Dieser Con O'Hara war doch ein ungehobelter Bursche. Eigentlich unverschämt, daß er ein nettes Mädchen besaß, für das sich Tony selbst bereits interessierte.

Con trat ein – glattrasiert, tadellos gekleidet und in bester Stimmung. Als er Tony am Klavier sitzen sah, schnitt er eine ironische Grimasse; großen Respekt hatte er vor seinem Chef sowieso nie gehabt.

Tony betrachtete ihn von oben bis unten. Er hatte schon verschiedene Zeitungen gelesen und in jeder denselben Bericht gefunden. Es war wirklich Grund genug vorhanden, sich über Con zu ärgern.

Con machte es sich inzwischen in einem Sessel gemütlich

und wollte sich gerade eine Zigarette anzünden, als ihm Perelli einen Stoß Zeitungen hinwarf.

»Lesen Sie – gleich hier oben auf der ersten Seite.«

Con las murmelnd und mit ziemlicher Mühe – er hatte es auf der Schule nicht besonders weit gebracht:

»Shaun O'Donnell, Alkoholschmuggler, wird von einem anderen Gangster erledigt. Der Personalchef Tom Feeneys nach Kommissar Kellys Meinung in den Tod geschickt!« Con lachte laut. »In den Tod geschickt – glänzend! Da wird Feeney vor Wut verrückt werden!«

Tony nickte.

»Weiter, weiter«, drängte er, »wenn Sie lesen können.«

O'Hara sah ihn wütend an, nahm die Zeitung wieder auf und buchstabierte: »›Um zwölf Uhr gestern abend hörte der Polizeibeamte Ryan Schüsse, lief sofort zu der Stelle und fand Shaun O'Donnell. Man hatte auf ihn geschossen . . .‹ Na, zum Donnerwetter, das muß ich ja schließlich selbst am besten wissen. Immerhin war ich mit dabei.«

Tony lächelte.

»Eben – deshalb ist die Sache ja gerade so interessant für mich.«

Con verzog verächtlich den Mund.

»Der Junge hat ein- oder zweimal auf ihn geschossen – selbstverständlich daneben. Ich war schon aus dem Wagen, bevor er den ersten Schuß abgegeben hatte, und machte nicht viel Federlesens. Bevor ein Polizist in Sicht kam, waren wir längst abgebraust.«

Perelli lächelte wieder.

»Das wäre ja alles ganz schön – aber war Shaun denn tot?«

»Und ob er tot war! Sie wissen doch, wenn ich jemand vor die Mündung bekomme, dann ist es aus mit ihm.«

Perelli lehnte sich mit aufreizender Nachlässigkeit in seinem Sessel zurück.

»Er hat aber noch gelebt, als man ihn fand!«

Einige Sekunden lang herrschte peinliches Schweigen.

»Wie ist das möglich . . .?« fragte Con dann bestürzt.

»Er lebte«, wiederholte Tony, »und wurde noch lebend ins Krankenhaus eingeliefert. Kelly war natürlich bei ihm und hat ihn bis zur letzten Sekunde ausgefragt!«

Das war eine bittere Pille für Con O'Hara. Tony warf ihm Unfähigkeit auf einem Gebiet vor, auf dem er sich doch völlig sicher fühlte. Schließlich konnte er nur deswegen ein verhältnismäßig luxuriöses Leben führen, weil er als Spezialist für Fälle galt, in denen es auf einen sicheren Schuß ankam.

Tony streifte ihn mit einem merkwürdigen Seitenblick.

»Sie kommen von New York zu mir und geben sich für einen großartigen Pistolenschützen aus. Den ganzen Tag höre ich: ›In New York machen wir das so – nicht so.‹ Und den ersten ganz einfachen kleinen Auftrag, den ich Sie hier erledigen lasse, verpatzen Sie natürlich!«

O'Hara brauste auf. »Immerhin ist er inzwischen ja gestorben!« entgegnete er ärgerlich.

»Sicher. Jeder muß einmal sterben. Aber wenn ich einen Mann um die Ecke bringen lassen will, soll er nicht an Altersschwäche krepieren! Das ist alles.«

»Hören Sie mal . . .«

»Das ist alles«, wiederholte Perelli scharf und schnitt damit jede weitere Entschuldigung ab. »Die Sache interessiert mich nicht mehr – dafür aber ganz bestimmt Tom Feeney. Ich erwarte ihn schon den ganzen Vormittag.«

Während er noch sprach, klingelte das Telefon. Tony nahm den Hörer ab.

Tom Feeney war am Apparat. Er konnte vor Wut nur unzusammenhängend sprechen und schrie so laut, daß man ihn kaum verstehen konnte. Wahrscheinlich stand Mrs. O'Donnell neben ihm.

»Reden Sie doch nicht so unflätig, Mr. Feeney«, sagte Tony, nachdem er sich grinsend einige Zeit das Geschimpfe angehört hatte. »Ich weiß doch nichts von Shaun O'Donnell. In der Zeitung können Sie lesen, daß Sie selbst ihn in den Tod geschickt haben ... Alter Freund, Sie quatschen mir zuviel. Wie ich Ihnen bereits sagte, habe ich keine Ahnung von dieser Sache ... Was faseln Sie da – O'Hara? Aber Mann, Sie sind ja verrückt!«

»Sagen Sie ihm ...«, begann Con, aber Tony warf ihm nur einen vernichtenden Blick zu.

»Der Kerl aus New York ist ein Esel – ich glaube kaum, daß er eine Katze aus nächster Nähe treffen kann. Der gehört auch zu denen, die mit dem Maul wunderbar schießen. Aber jetzt hören Sie mal zu, Tom!« Seine Stimme war hart geworden. »Sie und Ihre Bande machen sich in letzter Zeit ein wenig zu mausig. Shaun war der Kerl, der vor einigen Tagen eine meiner Kneipen hat auffliegen lassen und mir eine Ladung vom besten Stoff gestohlen hat. Ich will keine Unannehmlichkeiten, das habe ich Ihnen schon öfters gesagt. Sie ruinieren das ganze Geschäft, wenn Sie so weitermachen ... Wie, ich soll mich mit Ihnen an der Ecke der Michigan Avenue treffen? Anschließend würde ich dann wohl auf einem Beerdigungsinstitut landen? Sie halten mich wirklich für naiv! Warum kommen Sie nicht in meine Wohnung, wenn Sie mir was zu sagen haben?«

Con, der aufmerksam zugehört hatte, wurde ganz aufgeregt.

»Trauen Sie Feeney nicht ...«, mischte er sich ein, aber Tony winkte ungeduldig ab.

»Schon gut, schon gut, ich werde Sie also treffen – gegenüber dem Haus der Tribune. Natürlich will ich mit Ihnen verhandeln. Wenn alles klappt, kommen wir anschließend hierher, und zwar ohne Schießeisen. Gut. Also um elf.«

Er legte den Hörer auf und klingelte.

»Aber so hören Sie doch, ich muß Ihnen etwas sagen«, begann Con wieder, als Angelo eilig eintrat.

»Ich habe eine Verabredung mit Feeney«, sagte Perelli kurz auf italienisch. »Sorge für die nötige Begleitung.«

»Feeney?« Angelo sah erstaunt aus.

»Mach doch kein so dummes Gesicht«, erwiderte Perelli ungeduldig. »Vorwärts, los! Ich muß den Mann unbedingt sprechen. Heute gibt es keinen Überfall – morgen oder übermorgen vielleicht, aber nicht heute. Die Unterhaltung verspricht auf jeden Fall interessant zu werden.«

11

O'Hara hörte ungeduldig dem schnellen Stakkato der italienischen Unterhaltung zu. Sein Selbstbewußtsein war etwas geschwunden. Ein- oder zweimal versuchte er zwar, zu Wort zu kommen, aber die beiden anderen achteten überhaupt nicht auf ihn.

»Sagen Sie mal, bin ich hier eigentlich völlig überflüssig?« fragte er schließlich vorwurfsvoll. »Sie scheinen keinen großen Wert auf mich zu legen! Anständig behandeln Sie mich wirklich nicht, Tony.«

Er erntete nur einen gleichgültigen Seitenblick und wurde immer ärgerlicher. Nach fünf Minuten riß ihm die Geduld, und er begann, so laut er konnte, zu fluchen.

Angelo drehte sich um und sah ihn eisig an.

»Warum schreien Sie denn so? Haben Sie vielleicht Sehnsucht nach Ihrer Frau? Die wartet unten auf Sie!«

O'Hara grinste selbstzufrieden. Er war auf Mary sehr stolz und prahlte gerne ein wenig mit ihr.

»Ihre Frau?« fragte Tony unerwartet freundlich. »Sie haben eine Frau?«

O'Haras Lächeln wurde immer selbstgefälliger.

»Aber natürlich, und sogar eine sehr hübsche! Haben Sie sie denn noch nicht gesehen?«

Niemand wußte besser als er, daß die beiden einander noch nicht begegnet waren. Er hatte eine solche Begegnung bis jetzt tunlichst vermieden, denn er kannte ganz genau den Ruf Perellis als passionierter Schürzenjäger.

»Nein, ich kenne sie noch nicht«, entgegnete Tony liebenswürdig. »Sie ist also sehr hübsch?«

O'Hara nickte grinsend. Dann machte er aber einen großen Fehler – er stellte ein Frage, die ihm schon lange auf der Zunge lag.

»Sagen Sie mal, Tony, warum haben Sie sich eigentlich ausgerechnet eine Gelbe ausgesucht?«

Sofort verschwand das Lächeln aus Perellis Zügen. Sein Gesicht rötete sich leicht, und seine Augen glitzerten gefährlich.

»Würden Sie sich vielleicht etwas gewählter ausdrücken – oder soll ich Ihnen erst beibringen lassen, wie man sich benimmt?«

O'Hara hörte die Drohung in Perellis Ton und lenkte hastig ein.

»So habe ich es doch nicht gemeint. Selbstverständlich wollte ich Minn Lee nicht beleidigen – ich finde sie im Gegenteil außerordentlich hübsch.«

Perelli lächelte bereits wieder. Für Komplimente, und klangen sie auch noch so unglaubwürdig, war er stets empfänglich.

»Natürlich – sie sieht recht gut aus. Aber sicher nicht so gut wie Ihre Frau? Bringen Sie sie doch einmal her«, meinte Tony.

O'Hara zögerte. Warum wollte Perelli unbedingt Mary kennenlernen? Er war in der letzten Zeit doch merkwürdig beständig geworden und hatte ganz im Gegensatz zu früher niemals den Wunsch nach Abwechslung geäußert. Auf jeden Fall wollte er Tony warnen.

»Vergessen Sie aber nicht – ich bin ziemlich eifersüchtig.«

»So muß es sein«, entgegnete Tony. »Also bringen Sie Ihre Frau bitte her. Ich bin direkt neugierig auf sie.« Er drehte sich halb um. »Ich gehe jetzt.«

O'Hara packte ihn am Arm.

»Einen Moment. Ich bringe sie her – aber keine Dummheiten, Tony!«

Er sah seinen Chef herausfordernd an.

»Warum denn so ängstlich? Sie können ganz beruhigt sein.«

Perelli freute sich. Er fühlte sich durch Cons Unsicherheit, in der er eine Bestätigung seines Erfolgs bei Frauen sah, geradezu geschmeichelt.

»Ich kann Ihnen nur sagen«, erklärte Con gedehnt, »daß es jedem ans Leder geht, der sie mir wegschnappen will.«

Tony klopfte ihm lächelnd auf die Schulter.

»Sie sind ein feiner Kerl, Con. Bestimmt verdienen Sie noch eine Menge Geld bei mir.«

Als Con O'Hara hinausging und die Tür leise hinter sich zuzog, veränderte sich Perellis Gesichtsausdruck im Nu. Er murmelte auf italienisch einiges vor sich hin, das durchaus nicht schmeichelhaft für Con war. Dann trat er vor einen Spiegel und zog sorgfältig seine Krawatte zurecht. Als gleich darauf die Tür wieder aufging, starrte er fasziniert auf die Frau, die vor Con den Raum betrat.

Perelli war nicht sehr wählerisch in bezug auf verschiedene Frauentypen. Immerhin hatte er eine gewisse Idealvorstellung, und jetzt sah er sich einer Frau gegenüber, die seinem Phantasiebild völlig entsprach. Seine Blicke glitten über ihr blondes Haar und ihre feingeschnittenen Züge. Er hielt sie für eine Polin und hatte recht damit. Sie sah genauso aus wie die Frau, die er sich immer gewünscht hatte. Von diesem Augenblick an gab es für ihn kein anderes weibliches Geschöpf mehr als Maria Pouluski, die sich Mrs. Mary O'Hara nannte.

Er starrte sie unverwandt an und hörte wie im Traum O'Haras Stimme.

»Erlaube, daß ich dir Mr. Perelli vorstelle, Mary.«

Ihre Hand war klein und weiß, die Finger lang mit spitzen Fingernägeln. Einen Augenblick hielt Tony ihre Hand, dann verbeugte er sich und küßte sie. Selbst Marys harte Stimme beeinträchtigte seine Illusion nicht.

»Ich habe schon viel von Ihnen gehört, Mr. Perelli«, begann sie.

Con sah die beiden mit gerunzelter Stirn an.

»Ja, ich erzähle oft von Ihnen – das kannst du doch bestätigen, Liebling?«

Sie fühlte sich etwas unbehaglich, als Tony schwieg, aber seine offenkundige Bewunderung schmeichelte ihr doch sehr. Sie dachte schnell und sah plötzlich Möglichkeiten, die weit über ihre kühnsten Träume hinausgingen. Con hatte oft von Tony gesprochen, aber sie konnte sich im Augenblick nur auf eines besinnen: »Der Kerl hat zehn Millionen Dollar, vielleicht auch zwanzig.« Und dieser Mann stand nun vor ihr und bewunderte sie.

»Ich würde sehr gern auch Mrs. Perelli kennenlernen – sie ist eine Chinesin, nicht wahr?«

Tony lächelte.

»Nur zur Hälfte – ihre Mutter war Amerikanerin«, sagte er und nahm ihr den Mantel ab. Geringschätzig betrachtete er das billige Stück.

O'Hara wurde unruhig und schaute Perelli mit wachsendem Ärger an.

»Wir wollen jetzt lieber gehen, Mary«, sagte er laut, aber Tony achtete nicht auf ihn.

»Gefällt Ihnen Chicago?« fragte er.

»Ja, es ist eine schöne Stadt.«

»Sie sind wohl lieber hier als in New York?« Er warf wieder einen Blick auf den Mantel, der auf einem Sessel neben ihm lag. »Sie lieben sicher schöne Kleider – wie wäre es, wenn wir einmal zusammen einkaufen gingen?«

O'Hara stand unentschlossen daneben und biß sich auf die Lippen. Er wußte noch nicht richtig, was er von der Sache halten sollte.

»Vielleicht sehen wir uns auch einmal Pelzmäntel an«, fuhr Tony fort.

Sie lachte perlend und sah ihn von unten herauf an.

»Pelze, warum nicht?« Dann zeigte ihr ein Seitenblick, daß Con immer ärgerlicher wurde, und sie fuhr schnell fort: »Con hat mir erst kürzlich dieses Modell hier gekauft. Ist er nicht großzügig?«

Bis heute war sie sehr stolz auf den Mantel gewesen, aber jetzt schien er ihr plötzlich ziemlich armselig zu sein. Daran änderte auch Con O'Haras Einwurf nichts.

»Zweitausend Dollar hat er gekostet«, erklärte er großspurig.

Tony lachte.

»Zweitausend? Soviel zahle ich ja für einen Pelzkragen!«

Angelo kam in diesem Augenblick herein, und Tony machte ihm ein Zeichen, das der Ire nicht sah, weil er gerade auf die Uhr schaute.

»Schon zu spät!« Con war ein schlechter Schauspieler. »Komm, Mary, wir müssen gehen. Du weißt doch, die Verabredung . . .«

»Sie werden am Telefon verlangt, Con.« Angelo war auffallend höflich.

»Ich?« fragte Con ungläubig. »Wer ist es denn? Es weiß doch niemand, daß ich hier bin . . .«

Angelo zog ihn etwas zur Seite.

»Die Polizei«, flüsterte er ihm zu. »Es klang wenigstens so. Sie wissen ja, Kelly ist auf Draht.«

O'Hara sah Mary kurz an und verließ das Zimmer.

Mary hatte verstanden. Natürlich sollte Con für einige Zeit aus ihrer Nähe gebracht werden. Die Sache entwickelte sich schneller, als sie gedacht hatte. Neugierig war sie jetzt vor allem darauf, was Tonys nächster Schachzug sein würde.

Vorerst führte er sie auf den Balkon und zeigte ihr höflich die Aussicht. Doch als sie sich gegen die Brüstung lehnte, legte er plötzlich den Arm um sie und küßte sie. Darauf war sie nicht vorbereitet.

»Sie legen sich aber mächtig ins Zeug! Wir kennen uns doch noch gar nicht richtig«, stieß sie hervor.

»Gefällt es Ihnen hier?« fragte er schnell. »Meinen Sie nicht, daß dies ein besserer Rahmen für Sie wäre?«

»Sie haben Mut«, sagte sie leise. »Wenn Con das hören würde . . .«

»Con«, rief er wütend und zog sie an sich. »Es würde mir Spaß machen, so etwas in seinem Beisein zu sagen.«

Seine Stimme klang hart, und er schaute ihr gerade in die Augen.

»Sind Sie verrückt?« entgegnete sie atemlos. »Er schießt Sie auf der Stelle nieder . . .«

Er lachte. Jemand hatte einmal gesagt, daß Tony Perelli zuviel Humor besäße, um wirklich gefährlich zu sein. Wenn man ihn aber genauer kannte, wußte man, daß er niemals gefährlicher war, als wenn ihn etwas belustigte.

»Wenn ihm das gelingen würde, wäre ich allerdings verrückt!« Plötzlich ließ er sie los und zog einen hellglänzenden Brillantring vom Finger. »Hier – schenke ich Ihnen.«

Sie starrte wie hypnotisiert auf das Schmuckstück, trat aber einen Schritt zurück. Er faßte sie an der Hand und steckte ihr den Ring an.

»Behalten Sie ihn!«

»Viel Umstände machen Sie wirklich nicht! Der Stein ist übrigens entzückend.«

Sie wußte gut genug, daß er mindestens fünftausend Dollar wert war, und das strahlende kleine Ding an ihrem Mittelfinger blendete sie mehr, als sie zugeben wollte.

»Er gehört Ihnen«, wiederholte Tony. »Und ich schenke Ihnen vielleicht noch einen.«

Sie sah auf ihre Hand und ließ den Ring glitzern.

»Schön«, flüsterte sie.

»Heute abend gebe ich eine Gesellschaft«, fuhr er hastig fort, Con konnte jeden Augenblick wieder ins Zimmer kommen. »Ich lade Sie und Con ein.«

Sie machte eine letzte verzweifelte Anstrengung, um wenigstens einen Schein von Anstand zu wahren.

»Sie glauben doch nicht, daß ich mich zu irgend etwas verpflichtet fühle, wenn ich Geschenke von Ihnen annehme . . .«, begann sie. Doch sie verstummte, als sie Tonys Blick begegnete.

Ein Geräusch im Raum nebenan ließ sie herumfahren.

Con trat auf den Balkon und betrachtete argwöhnisch die beiden.

»Was soll denn das bedeuten?« fragte er gedehnt. »Die Polizei wollte überhaupt nichts von mir.« Er schaute Mary finster an. »Was ist denn mit dir los?«

Seine Frage war nicht ganz unbegründet, denn ihr Gesicht hatte sich gerötet, und ihre Augen glänzten.

Mary zwang sich zu einem Lachen und streckte die Hand aus.

»Schau doch, was Mr. Perelli mir geschenkt hat.«

Er sah auf den Ring und hob dann langsam den Blick zu Perelli.

»Tatsächlich? Und wofür, wenn man fragen darf?«

»Ich gebe ihr noch zwei andere Ringe, wenn es mir Spaß macht«, erwiderte Tony. »Aber nur deshalb, weil sie Ihre Frau ist.« Er klopfte O'Hara freundschaftlich auf die Schulter. »Das ist ein großartiger Kerl, Mary. Er soll hier wohnen und mich vertreten, denn man kann sich wirklich auf ihn verlassen – und auf seine Pistole!«

O'Hara war sofort durch diese Schmeicheleien besänftigt. Die Aussicht auf schnellen Erfolg bedeutete ihm mehr als alles andere. Er zwang sich zu dem Glauben, daß er seiner Frau vertrauen konnte.

»Gut, ich bin damit einverstanden«, sagte er schnell.

Das Telefon klingelte, und Tony Perelli ging hin, um den Hörer abzunehmen. O'Hara trat rasch zu Mary.

»Ist dir der Kerl zu nahegetreten?« fragte er leise.

»Aber, Con, wo denkst du hin! Das möchte ich ihm nicht raten!«

Ihre Antwort kam so hastig, daß sich selbst Con nur halb davon überzeugen ließ.

»Dieser Perelli ist als Schürzenjäger bekannt, aber ich glaube nicht, daß du sein Typ bist. Außerdem ist er im Augenblick völlig in Minn Lee verschossen . . .«

»Freut mich, das zu hören«, sagte eine leise Stimme hinter ihm, er drehte sich hastig um.

Minn Lee war hereingekommen und stand nun neben ihm. Diese Unterbrechung kam Mary sehr gelegen. Freundlich und halb bewundernd sah sie auf die kleine, graziöse Gestalt. Diese Chinesin war noch hübscher, als sie sich vorgestellt hatte.

Minn Lee war traurig. Sie hatte Tony am Telefon beobachtet und gesehen, daß er den Blick nicht von Mary wandte. Instinktiv spürte sie, daß ihr von dieser Seite Gefahr drohte.

O'Hara strahlte über Minn Lees Gegenwart. Die Situation war allmählich unerträglich geworden, und er fühlte sich jetzt sehr erleichtert.

Die beiden Frauen begrüßten sich, und Mary machte Minn Lee Komplimente über ihr Aussehen und ihr Kleid.

Minn Lee betrachtete sie ernst. Wenn sie auch alles andere mit philosophischer Gelassenheit ertragen konnte, daß jemand ihr Tonys Zuneigung rauben sollte, war zuviel. Sie klammerte sich verzweifelt an die Hoffnung, Tony wieder zur Vernunft bringen zu können.

Perelli beobachtete die beiden und fühlte sich in gehobener Stimmung. Er wußte ganz genau, daß die Feindseligkeiten eröffnet worden waren und daß er im Brennpunkt des Interesses stand.

»Finden Sie Minn Lee schön?« fragte er lächelnd und legte die Hand auf ihre Schulter. »Zeige Mary doch einmal deine Ringe, Liebling.«

Gehorsam streckte Minn Lee die Hände aus, Perelli zeigte auf die einzelnen Schmuckstücke, die Beweise seiner verschwenderischen Freigebigkeit waren. Er nannte sogar die Summen, die er dafür bezahlt hatte, und tat so, als wäre dies alles noch gar nichts.

Mary lauschte fasziniert; die hohen Beträge machten einen überwältigenden Eindruck auf sie. Sie schaute von der Chinesin zu Tony und von ihm zu dem plumpen Iren an seiner Seite. Dann dachte sie daran, daß sie nur ihre Zustimmung zu geben brauchte, um alles zu haben, was ihr gefiel. Ihr Entschluß stand fast schon fest.

Con O'Hara hatte inzwischen genug von dieser Situation.

»Wir müssen jetzt gehen«, brummte er.

Tony schien sich plötzlich wieder an ihn zu erinnern.

»Ich muß noch mit Ihnen sprechen, Con. Auch mit Jimmy. Ihre Frau kann solange hier bleiben. Minn Lee, zeige doch Mrs. O'Hara einmal den Wintergarten – dort halten wir gewöhnlich unsere Gesellschaften ab«, fügte er hinzu.

»Ein andermal dann«, entgegnete der Ire trocken. »Ich sagte schon, daß wir eine Verabredung haben. Verabschiede dich, Mary!«

Einen Augenblick schien Tony nachzugeben.

»Schön, dann also auf Wiedersehn.« Er nahm Marys Hand. »Aber heute abend kommen Sie doch bestimmt?«

Sie sah zu Con hinüber, der unmerklich den Kopf schüttelte.

»Ich weiß nicht, ob es geht . . .«, begann sie.

»Natürlich kommen Sie! Und Sie bleiben selbstverständlich über Nacht hier. Wir haben genügend Platz für Sie und Ihren Mann.«

Seine Worte klangen wie ein Befehl. Sie sah wieder Con an, aber der zuckte jetzt hilflos die Achseln.

»Wir wohnen nur acht Häuser weiter«, meinte sie schließlich zögernd.

Tony lächelte.

»Trotzdem werden Sie mir das Vergnügen machen.«

»Ich schlafe nicht gern in fremden Zimmern«, warf Con ein.

Perelli streifte ihn mit einem eisigen Blick.

»Immerhin haben Sie ja auch schon in Sing-Sing logiert«, entgegnete er sarkastisch.

Die Lage spitzte sich zu; Mary fühlte, daß es bald Streit geben würde. Auch Minn Lee hatte die schlimmsten Ahnungen. Sie lächelte mechanisch, als Mary auf sie zukam, und trat einen Schritt beiseite, um sie vorbeizulassen. Beide gingen auf den Balkon.

Diesen Augenblick benutzte Con O'Hara.

»Auf ein paar Worte«, sagte der Ire leise zu Tony. Seine Stimme klang so drohend, daß sich jeder außer Perelli davon hätte einschüchtern lassen.

»Kommen Sie mir nicht zu nahe«, sagte er ruhig zu Con, der auf ihn zutrat.

Er blieb stehen, aber Con kam ihm noch näher. Er war nur noch eine Handbreit von Tony entfernt.

»Wenn Sie Mary nicht in Ruhe lassen . . .«

Perelli nahm seine Zigarre aus dem Mund und blies die Asche ab – dann drückte er das glühende Ende dem Iren auf die Backe. Mit einem Fluch sprang der Mann zurück.

»Ich lasse mir nicht gerne Vorschriften machen«, erklärte Perelli.

Einen Augenblick lang war Con außer sich vor Wut und zu jeder Handlung fähig – aber er sah trotzdem, daß Perelli seine rechte Hand in der Jackettasche stecken hatte. Zum erstenmal in seinem Leben fürchtete er sich.

»Diesmal haben Sie noch Oberwasser«, sagte er atemlos. »Aber glauben Sie mir – ich lasse mir nicht auf der Nase herumtanzen. Es hat schon mehr als einer ins Gras gebissen, wenn er mir nicht mehr gefiel!«

Tony schüttelte überlegen lächelnd den Kopf.

»Sie sind ein Angeber«, entgegnete er ruhig. »Wenn ich jemand beseitigen will, knalle ich ihn ohne große Vorankündigung über den Haufen. Und wenn mich Ihre Frau interessiert, dann interessiert sie mich eben – verstanden? Seien Sie kein Dummkopf!« Er klopfte Con auf die Schulter. »Schließlich sind Sie ja ein ganz brauchbarer Kerl; ich werde schon für Sie sorgen.«

O'Hara hatte jetzt klaren Wein eingeschenkt erhalten. Und die Tatsache, daß Tony sein Chef war und außerdem in jeder Beziehung der Stärkere von beiden, ließ sich vorerst nicht ableugnen. Er verschob die Abrechnung auf später und zwang sich zu einem lauten Lachen.

»Soll mir auch recht sein«, sagte er und winkte Mary zu sich. »Auf Wiedersehen, Mrs. Perelli. Ich freue mich, daß Sie meine Frau kennengelernt haben.«

Er hatte jetzt das Gefühl, einen unangenehmen Augenblick glücklich überbrückt zu haben, verabschiedete sich so schnell wie möglich und verließ mit Mary das Haus.

Als sie zu Hause ankamen, telefonierte er sofort Perelli an.

»Hören Sie, Tony, wir können heute abend nicht kommen. Meine Frau fühlt sich nicht wohl.«

»Das macht nichts – ich habe einen Arzt hier«, entgegnete

Tony kühl. »Bringen Sie sie nur her. Übrigens habe ich einen Auftrag für Sie. Sie müssen sofort Jimmy holen. Ich sagte sofort!«

»Hören Sie, ich . . .«, versuchte O'Hara einzuwerfen, aber Perelli hatte schon aufgelegt und das Gespräch beendet.

Perelli hatte an diesem Tag viel zu tun. Immerhin konnte er damit rechnen, daß Feeneys Leute nicht sofort Vergeltungsmaßnahmen ergreifen würden, denn erst mußten die Vorbereitungen zu einem großartigen Leichenbegängnis für Shaun O'Donnell getroffen werden. Und es war ein ungeschriebenes Gesetz, daß während solcher Vorbereitungen Waffenstillstand zwischen den feindlichen Parteien herrschte.

Con war inzwischen zu dem Hotel gefahren, in dem Jimmy wohnte. Der Junge war entgegen seinen Instruktionen ausgegangen, und er traf ihn wenig später ohne Begleitung oder Schutz auf der Michigan Avenue. Es schien ihm alles gleichgültig zu sein.

Als Con ihm auf die Schulter klopfte, fuhr Jimmy nervös herum. Sein Gesicht war bleich, es zuckte um seine Mundwinkel.

»Was ist denn eigentlich los mit Ihnen?« fragte Con mit einem überlegenen Lächeln.

»Nichts – ich wollte nur . . .«

»Tony will mit Ihnen sprechen. Aber so reden Sie doch, was haben Sie denn?«

»Ich weiß nicht. Wahrscheinlich bin ich müde. Ich habe nicht besonders gut geschlafen.«

Con lachte.

»Sie dürfen sich die Geschichte nicht so sehr zu Herzen nehmen«, meinte er, »sonst schnappen Sie noch über.«

Jimmy hörte ihm nicht zu. Er sah noch immer den entsetzten Blick des Mannes vor sich, auf den er geschossen hatte. Die ganze Nacht hatte ihn dieses Bild verfolgt, und er würde es wohl bis an sein Lebensende nicht mehr loswerden.

12

Minn Lee war sehr schweigsam, als die Besucher gegangen waren. Sie saß an ihrem großen Stickrahmen und stichelte eifrig. Offenbar nahm diese Arbeit ihre ganze Aufmerksamkeit in Anspruch. Tony lag auf der Couch, hatte eine Zigarre im Mundwinkel und las Zeitung.

»Sie ist schön«, sagte Minn Lee plötzlich. »Sehr schön.«

Er legte das Blatt weg, richtete sich auf und schaute zu ihr hinüber.

»Ja, sie ist einfach fabelhaft«, meinte er.

Es trat wieder eine lange Pause ein.

»Gehst du heute abend in die Oper?« fragte Minn Lee dann.

Er schüttelte den Kopf.

»Sie geben die ›Götterdämmerung‹. Keine Lust dazu.«

Sie sah ihn aufmerksam an.

»Willst du dann nicht heute abend einmal bei mir bleiben? Ich sehe dich in letzter Zeit so selten!«

Er stand auf, trat zu ihr und betrachtete sie nachdenklich. Ihre zurückhaltende Art machte ihn plötzlich rasend.

»Weißt du, wovor ich mich fürchte?« fragte sie sanft.

»Wovor sich jede Frau fürchtet – vor einer anderen Frau«, entgegnete er rücksichtslos.

In ganz kurzer Zeit hatte sich seine Haltung ihr gegenüber vollständig geändert. Sie hätte so etwas nie für möglich gehalten – seitdem sie ihn kannte, hatte er niemals auch nur angedeutet, daß es einmal ein Ende ihrer Beziehungen geben könnte. Doch sie war Asiatin und wußte, daß es sinnlos ist, nach der Ursache irgendwelcher Dinge zu forschen, die man doch nicht ändern kann.

»Dann interessierst du dich also für eine andere Frau?«

Er sah sie halb belustigt an.

»Warum soll ich dir etwas sagen, was du selbst weißt?«

»Tony, ich bin sehr lange bei dir gewesen – können wir nicht von Chicago weggehen? Vielleicht hast du mich dann wieder lieb.«

Er sah sie merkwürdig an.

»Natürlich kannst du gehen. Nach New York – wohin du willst.«

»Ich sagte – wir.«

Er erhob sich brüsk.

»Wir ist nicht gleichbedeutend mit ich. Ich dachte immer, daß du das weißt, und ich habe es dir deshalb nie gesagt: Du bist für mich eine sehr schöne und vergnügliche Sache. Kann ich etwas dafür, daß ich ab und zu Dinge finde, die mir noch mehr Spaß machen?«

Er gab ihr einen flüchtigen Kuß, und sie lächelte.

»Wer kommt heute abend?« fragte sie mit erzwungener Fröhlichkeit.

»Oh, du wirst schon sehen – eine reizende Gesellschaft.«

»Sind auch Damen dabei? Sie etwa auch?«

Er nickte.

»Warum kann sie nicht fortbleiben? Sie hat doch ihren Mann.« Minn Lees Stimme zitterte.

»Du hast den Mann doch gesehen. Würdest du gerne dauernd mit ihm allein sein?«

»Jimmy sagt . . .«

Er drehte sich um.

»Oh, Jimmy? Hast du den Studenten eigentlich gern? Gefällt er dir?«

»Ja, er ist wirklich nett. Er kommt mir immer wie ein großer Junge vor.«

Der Tonfall ihrer Stimme erregte plötzlich seine Aufmerksamkeit.

»So? Und du behandelst ihn wohl auch so?« Er riß sie an sich. »Kleine Jungen küßt man schließlich auch . . .«

Selbst jetzt, bei dieser Frau, die er an und für sich loswerden wollte, packte ihn der Ärger bei dem Gedanken, daß jemand anders seine, des großen Bandenchefs Perelli, Rechte mißachtet haben könnte. Noch war sie sein Eigentum, und er war nicht bereit, sie einem anderen zu geben.

Er stieß sie weg und hielt sie auf Armeslänge von sich entfernt. Forschend und argwöhnisch betrachtete er sie.

Jimmy?

Er war eigentlich nicht böse auf den Jungen, und doch hatte er ein sonderbares Gefühl, das er nicht ergründen konnte.

»Warum siehst du mich so an?« fragte er.

In diesem Augenblick klingelte es, und er ließ sie langsam los.

Es war Con O'Hara mit Jimmy. Tony warf dem jungen Mann einen schnellen Blick zu – Jimmy sah blaß, nervös und erschüttert aus. Die Sache hatte ihm anscheinend mehr zu schaffen gemacht, als Perelli vermutet hatte. Es war zwar klar, daß Jimmy bei seinem ersten Unternehmen die Nerven verlieren würde, aber daß er sich immer noch nicht gefangen hatte, beunruhigte Perelli etwas.

»Hallo, Jimmy!«

Der junge Mann nickte ihm zu.

»Ich habe ihn auf der Straße aufgegabelt«, erklärte O'Hara und machte eine bezeichnende Handbewegung zu seiner Stirn.

»Ich möchte mit Ihnen sprechen, Tony«, sagte Jimmy leise. Minn Lee hatte er nur mit einem schwachen Lächeln begrüßt.

»Laß uns allein, Liebling.« Tony gab ihr einen kleinen Schubs in Richtung der Tür.

Sie drehte sich um und sah Jimmy eindringlich an.

»Kommen Sie noch kurz zu mir, bevor Sie gehen?«

»Bestimmt.«

Warum wollte sie ihn sprechen, bevor er ging? Was hatte sie ihm zu sagen? Tony wurde immer nachdenklicher.

»Setzen Sie sich«, begann er, nachdem Minn Lee draußen war.

Aber Jimmy ging ruhelos auf und ab.

»Danke – ich mache mir lieber ein wenig Bewegung.«

Tony lächelte.

»Dieser Teppich hat mich zehntausend Dollar gekostet – aber bitte, tun Sie sich keinen Zwang an!«

»Ich habe gestern abend die ganze Sache verkorkst . . .«

Tony packte ihn am Arm und führte ihn auf den Balkon.

»Das macht nichts, mein Junge. Zerbrechen Sie sich nicht den Kopf über diese Geschichte – wir alle haben am Anfang Fehler gemacht.«

Er wartete auf Antwort. Jimmy hatte sich wieder von ihm freigemacht und ging wie vorher unentwegt auf und ab. Die Hände hatte er in die Hosentaschen gesteckt, den Kopf tief gesenkt.

»Sie wissen, daß ich Shaun recht gern hatte«, sagte er zögernd. »Als ich die Pistole auf ihn richtete, sah er mich an – das kann ich nicht vergessen . . .«

Tony versuchte ihn zu beruhigen.

»Sicher, sicher – so ist das eben. Aber das geht vorüber.«

»Ich konnte nicht schlafen . . . Ich hatte die ganze Nacht sein Gesicht vor Augen – es war entsetzlich. Und auch jetzt . . .« Er starrte ins Leere, als ob er dort Shaun sehe.

»Er ist noch nicht abgehärtet, noch viel zu weich«, mischte sich O'Hara von der Balkontür her ein.

»Halten Sie den Mund«, fuhr ihn Tony scharf an.

Er trat wieder auf Jimmy zu, klopfte ihm freundschaftlich auf den Rücken und ermutigte ihn geradezu kameradschaftlich.

»Ich mache Ihnen nicht den geringsten Vorwurf, Jimmy. Vielleicht kann ich mir sogar ein wenig vorstellen, was Sie fühlen. Glauben Sie mir, wenn es auf mich ankäme, würden solche Sachen überhaupt nicht mehr vorkommen – ich würde das Alkoholgeschäft betreiben, ohne einer Fliege etwas zuleide zu tun. Es hat wirklich keinen Sinn, die Leute dauernd niederzuknallen ... Aber die anderen lassen einen ja nicht in Frieden.«

»Das ist doch ganz klar«, sagte Con wieder. »Wenn Sie ihn nicht umgelegt hätten, hätten Sie eben selbst dran glauben müssen.«

Perelli war gerade besonders geduldig.

»Con, wie oft habe ich Ihnen schon gesagt, daß ich Leute nicht leiden kann, die zuviel reden. Kennen Sie übrigens Kommissar Kelly?«

»Lassen Sie mich bloß mit den Polypen in Ruhe – die haben doch überhaupt nichts zu melden. Mit Kelly werde ich schon noch reden.«

Tony hörte eine Sirene auf der Straße, trat ans Geländer und schaute hinunter.

»Sie werden gleich Gelegenheit dazu haben«, sagte er. »Vor der Haustür steht sein Wagen.« Er wandte sich rasch an Jimmy. »Hören Sie, jetzt müssen Sie sich zusammenreißen, Jimmy. Lassen Sie sich um Himmels willen nicht durch diesen Kelly aus dem Konzept bringen – sagen Sie so wenig wie möglich!«

Jimmy sah ihn entsetzt an.

»Will er mich etwa verhören? Weiß er denn, daß ich es getan habe?«

»Er weiß es nicht, wenn Sie es ihm nicht verraten. Lassen Sie sich bloß nicht von ihm bluffen!«

»Ich werde schon mit ihm sprechen«, erklärte Con selbstbewußt.

Perelli kniff die Augen zusammen.

»So? Sie sind ja sehr waghalsig. Aber ich möchte Ihnen trotzdem den Rat geben, den Mund zu halten und nicht zu frech zu werden. Der Mann ist nicht ohne.«

Es klopfte, und Kommissar Kelly schlenderte in den

Raum. Er war ein breitschultriger Mann, mit harten, undurchdringlichen Zügen, und er brachte eine eigentümlich fremde, fast drohende Atmosphäre mit sich.

Er vertrat das Gesetz. Er vertrat eine Sache, die manche Leute nicht wahrhaben wollten, die aber trotzdem bestand – verkörpert in der Person dieses Mannes.

13

Kommissar Kelly schaute von einem zum anderen. Er schien keine Eile zu haben und die Situation, die er hier vorfand, recht belustigend zu finden.

»Schön, Sie wieder mal zu sehen«, begrüßte ihn Tony mit einem strahlenden Lächeln.

»Ach, Sie haben wohl eine kleine Herren-Party?« fragte Kelly harmlos, während er Jimmy anschaute.

»Dazu ist es doch noch zu früh«, meinte Perelli.

Kelly nickte.

»Ich war heute schon bei einer anderen kleinen Männerversammlung«, bemerkte er trocken, beinahe barsch. Das Lächeln war aus seinem Gesicht verschwunden. »Drei Mann waren wir – der Leichenbeschauer, ich und Shaun O'Donnell. Aber die Unterhaltung haben der Leichenbeschauer und ich allein bestritten.«

In Tonys Zügen drückte sich tiefste Anteilnahme aus.

»Der arme alte Shaun! Es ist wirklich tragisch . . ., als ich die Nachricht in der Zeitung las, bekam ich direkt einen Schock. Das ganze Frühstück war mir verdorben.«

»Ihm auch«, entgegnete Kelly hart und nickte. »Dieser junge Mann dort ist wohl Mr. McGrath?«

Tony stellte die beiden einander vor, obwohl das eigentlich überflüssig war. Kelly wußte genug Bescheid.

»Sie mußten doch die Universität verlassen, weil Sie einen Kameraden bestohlen hatten?« fragte er Jimmy.

Der junge Mann war durch die Anwesenheit des Beamten noch verwirrter als vorher geworden. Als er endlich antwortete, zitterte seine Stimme vor Nervosität.

»Sie scheinen es ja sehr genau zu wissen.«

»Ich habe ihn sozusagen als Volontär eingestellt«, erklärte Tony.

Kelly betrachtete ihn spöttisch.

»Zum Totlachen – als Volontär! Und was hat er für Aufgaben? Haben Sie ihn vielleicht angestellt, um Blümchen auf Ihre Alkoholflaschen zu malen? Für so etwas sind Sie doch nicht zu haben, mein Junge, wie?«

Jimmy gab keine Antwort.

»Jedenfalls haben Sie sich gestern abend nicht mit solch harmlosen Dingen beschäftigt!«

Jimmy atmete schnell.

»Ich weiß nicht, was Sie damit sagen wollen«, entgegnete er heiser.

Kelly konzentrierte seinen Angriff auf Jimmy. Perelli hatte es auch gar nicht anders erwartet. Wahrscheinlich verdächtigte der Beamte auch Con, aber den ließ er vorerst warten.

Der Ire hörte mit wachsender Ungeduld zu. Es machte ihm wenig aus, wenn er im Verdacht stand, Shaun ermordet zu haben, aber er konnte nicht ertragen, daß man ihn vollkommen übersah. Außerdem fürchtete er, daß Jimmy zusammenbrechen würde, und dann war auch er erledigt.

»Wie lange sind Sie schon bei Perelli?« fragte Kelly.

»Er ist seit drei Monaten bei mir, Mr. Kelly«, erwiderte Tony sanft, »und er ist ein wirklich netter Junge . . .«

»Kannten Sie Shaun O'Donnell?« fragte der Kommissar weiter.

»Ja, ich habe ihn öfter gesehen.«

»Ich meine, ob Sie ihn kannten?«

Jimmy nickte.

»Sie haben mehrmals bei Bellini mit ihm gegessen – folglich müssen Sie ihn also recht gut gekannt haben?«

Jimmy zögerte.

»Ich kannte ihn nur oberflächlich.«

»Sie wissen, daß er tot ist?«

Der Junge nickte wieder.

»Er ist gestern abend erschossen worden«, fuhr Kelly erbarmungslos fort und ließ den Studenten nicht aus den Augen. »Von einem dieser Revolverhelden, die man für ein paar hundert Dollar kaufen kann.«

Er beobachtete den jungen Mann jetzt so scharf, daß ihm auch nicht das Zucken eines Augenlids entgangen wäre.

Jimmy wurde abwechselnd rot und bleich, als Kelly mit dem Verhör fortfuhr. »Wo waren Sie denn gestern abend?«

»Im Theater.«

»In welchem Theater?«

»Warum wollen Sie denn das wissen?« Jimmy dachte nach. »Im Blackstone-Theater.«

»Und welche Nummer hatte Ihr Sitzplatz?«

O'Hara konnte es nicht lassen, sich jetzt einzumischen. Die Fragen wurden immer gefährlicher, und die Unruhe Jimmys hatte ihren Höhepunkt erreicht.

»Wie soll er sich denn jetzt noch an die Nummer seines Sitzplatzes erinnern?« fuhr es ihm heraus.

Kelly drehte sich ärgerlich nach ihm um.

»Halten Sie den Mund – mit Ihnen rede ich später!« herrschte er Con an und wandte sich dann wieder an Jimmy. »Also, wie war die Nummer?«

»Ich weiß es nicht mehr.« Jimmy wich Kellys Blick aus. »So etwas behält man doch nicht.«

»Aber was für ein Stück gespielt wurde, werden Sie schließlich noch wissen«, erkundigte sich Kelly ironisch.

Jimmy suchte krampfhaft nach einem Titel, und endlich fand er einen.

»Was für ein Stück? – Ich glaube, es war die ›Broadway-Revue‹ . . . Natürlich, das war es.«

Kelly schaute ihn verächtlich an.

»Das ist zwar zufälligerweise der Titel eines Films, aber immerhin.«

Jimmy sah sich hilflos um.

»Kann auch sein, daß ich in einem Kino war. Ich kenne mich in Chicago nicht aus und wollte mich irgendwo ein wenig unterhalten.«

»Soso – sehr wahrscheinlich. Können Sie mir wenigstens sagen, um wieviel Uhr Sie aus dem Kino gekommen sind, Mr. McGrath?«

Hinter Kellys Rücken gab ihm Tony ein Zeichen mit den Fingern.

»Ich glaube, es war zwölf.«

»Großartig!« Kelly triumphierte. »Die Abendvorstellung der ›Broadway-Revue‹ fiel gestern nämlich aus.«

Jimmy wußte jetzt endgültig nicht mehr weiter, und O'Hara versuchte aufs neue, die Aufmerksamkeit des Beamten auf sich zu lenken.

»Hören Sie, Kommissar, der junge Mann ist doch in Chicago fremd . . .«

Kelly ging diesmal auf seine Bemerkung ein.

»Aber Sie sind wohl schon lange hier?«

Con grinste.

»Nein, ich bin auch noch nicht lange da. Bin von New York gekommen.«

Kelly schüttelte den Kopf.

»Ich muß der Stadt direkt einen Dankesbrief schreiben, daß sie auf Ihre Anwesenheit keinen Wert mehr gelegt hat und Sie hierherkommen ließ. Wie finden eigentlich Sie sich in Chicago zurecht?«

»Ausgezeichnet – ich fahre immer im Taxi.«

»Sind Sie auch gestern abend in einem Taxi an die Ecke der Michigan Avenue und der Achtundvierzigsten Straße gekommen?«

»Ich? Ich war schon um zehn im Bett!« erklärte O'Hara entrüstet.

»Aber Sie sind hingefahren!« Kelly sah drohend Jimmy an, der aufsprang.

»Nein!«

»Doch!«

»Nein!« Jimmy brüllte beinahe.

Langsam zog Kelly ein Notizbuch aus der Tasche.

»Hören Sie, ich sprach mit Shaun, bevor er starb, und Shaun hat gesagt, daß er von Ihnen und O'Hara erschossen wurde.«

Er hörte ein leises Lachen.

Tony hatte sich bequem in einen Sessel gesetzt und sich eine Zigarette angezündet.

»Er starb, ohne ein Wort zu sagen – ich weiß es«, warf er scheinbar gleichgültig ein.

»Woher wollen Sie denn das wissen?«

»Sehr einfach – wenn Shaun tatsächlich so etwas gesagt hätte, würden Sie die beiden doch verhaften.«

»Ich weiß viel zu genau, daß ich mit einer Verhaftung nur Ihren Rechtsanwalt auf die Beine bringen würde, der schon einen Antrag auf Freilassung und eine Kaution in der Tasche hätte. Vorläufig ist es viel einfacher so.«

Er ging zu Tony hin und legte ihm seine Hand fast freundschaftlich auf die Schulter.

»Perelli, schlau sind Sie – das muß ich Ihnen lassen. An dem Tag, an dem es mir gelingt, Sie auf den elektrischen Stuhl zu bringen, kaufe ich mir eine Flasche von Ihrem geschmuggelten Whisky und besaufe mich.« Er schaute auf die Uhr und ging zur Tür. »Sie müssen jetzt übrigens bald gehen, sonst kommen Sie zu spät zu Ihrer Verabredung. Lassen Sie Tom Feeney bloß nicht warten!«

Nach dieser Bemerkung verließ er das Zimmer.

»Woher weiß er das nur?« fragte O'Hara.

Tony wartete, bis sich die Wohnungstür hinter Kelly geschlossen hatte. Dann rief er nach Angelo und gab Jimmy den Auftrag, Tom Feeney anzurufen. Jimmy war schon am Telefon, als Angelo eintrat. Tony gab ihm rasch noch einige Anweisungen, bevor er Jimmy den Hörer aus der Hand nahm.

»Sind Sie am Apparat, Tom? Seien Sie vorsichtig – man hat uns nachgespürt und unser Gespräch belauscht . . . Kelly war eben hier. Deshalb komme ich etwas später . . . Alles in Ordnung . . . ja, wir gehen dann zu mir . . . gut.«

Tony legte den Hörer auf.

»Sind die andern fertig? Na, dann ist ja alles gut. Sie kommen mit, Con.« Er schaute nachdenklich zu Jimmy hinüber. »Nein, Sie bleiben lieber da. Ich bin in ein paar Minuten wieder zurück.« Dann wandte er sich an Angelo. »Du gehst jetzt gleich zu Schoberg.«

Angelo hatte diesen Gang schon öfters gemacht und dort eine schwarzumränderte Karte abgegeben, auf der ein Gedicht stand. Das gehörte zu den unumstößlichen Regeln bei einem Bandenmord. Und Angelo konnte ganz ordentliche Verse machen; er hatte schon manchen poetischen Nachruf verfaßt.

Tom Feeney hatte bereits am Telefon erklärt, warum er seinen Gegner so bereitwillig sprechen wollte. Das war keine geheime Zusammenkunft zwischen zwei Bandenführern, sondern eine Aussprache, die vor den Augen der Polizei stattfand. Es würde also von keiner Seite aus eine Schießerei geben. Wenn die Polizei bereits von der Konferenz wußte – und daran war nicht mehr zu zweifeln –, so konnte jeder Bruch der geltenden Vereinbarung für beide Parteien gefährlich werden.

Perelli wußte bereits, daß seine Annahme stimmte, als er den Treffpunkt noch nicht erreicht hatte. An allen Straßenecken standen Polizeiautos, und überall wimmelte es von Beamten in Zivil. Als die beiden Bandenchefs einander gegenüberstanden und sich wie ehrbare Bürger die Hand gaben, taten sie es in Gegenwart vieler Zeugen, und Tom Feeney war sich dessen wohl bewußt. Seine Begleiter waren in Rufweite zurückgeblieben. Diese Maßnahme hatte auch Perelli angeordnet.

»Hallo, Tom!« begrüßte Tony den andern.

Dann schüttelten sie sich kräftig die Hände.

»Kommen Sie mit in meine Wohnung?« fragte Perelli. Feeney schaute nach seinen Leuten.

»Die Jungs können ja mitkommen«, schlug Tony vor. »Wir werden doch um Himmels willen keinen Streit bekommen! Übrigens steht direkt hinter Ihnen Kellys Wagen – er beschützt Sie wirklich wie einen Bruder.«

Tom zögerte. Er war ungewöhnlich nervös, denn irgendwo im Hintergrund hielt sich auch seine Schwester auf – und er wußte, daß in ihrem Auto ein Maschinengewehr untergebracht war, mit dem sie ausgezeichnet umzugehen verstand.

»Gut, gehen wir«, sagte er schließlich.

Wenig später öffnete Tony seinem Gast die Wohnzimmertür und wurde Zeuge eines kleinen Idylls, das sich im Hintergrund des Zimmers abspielte.

14

Jimmy hörte, wie sich die Tür hinter Perelli schloß, der zu seiner Zusammenkunft mit Tom Feeney ging. Er stützte den Kopf in die Hände und dachte nach – wieder wirbelten seine Gedanken durcheinander. Er überlegte, ob er fliehen und diese ganze Umgebung verlassen sollte; dabei fühlte er aber ganz genau, daß er damit seiner Schuld nicht entrinnen konnte. Nirgends gab es eine Zufluchtstätte für ihn . . . Immer wieder versuchte er sich einzureden, daß er selbst ja den tödlichen Schuß nicht abgegeben hatte. Auch das half ihm nichts, denn er mußte sich sagen, daß er die feste Absicht gehabt hatte, Shaun zu töten.

Hätte er zu Kelly gehen und ihm ein Geständnis ablegen können, ohne Con O'Hara und Perelli hineinzuziehen, so wäre ihm das als die beste Lösung erschienen. So gab es nur einen Weg für ihn. Selbstmord? Nein, das wäre Betrug gewesen. Er mußte seine Schuld an seine wirklichen Gläubiger bezahlen . . .

»Was haben Sie, Jimmy?«

Schnell sah er auf. Minn Lee stand vor ihm – so heiter, so ruhig und so strahlend schön, daß er bei ihrem Anblick den Atem anhielt.

»Was ist los, Jimmy? Fühlen Sie sich nicht wohl?«

Er schüttelte den Kopf und bedeckte sein Gesicht mit den Händen. »Nein . . .« Pause. »Ich wünschte, ich wäre tot!«

Sie setzte sich neben ihn und legte ihre kleine Hand auf seine Schulter.

»Ach, Jimmy, ich habe Ihnen doch schon immer gesagt, daß Sie fortgehen sollen.«

Er richtete sich auf, sah sie an und lachte gequält.

»Fortgehen? Wohin denn?« Bekümmert schaute er sie an. »Wenn nur Sie nicht in dieser Umgebung leben müßten! Sie haben hier noch weniger zu suchen als ich.«

»Tony hat mich mit hierhergenommen, als es mir sehr schlecht ging. Ich gehöre zu ihm – etwas anderes gibt es für mich nicht.«

Er wunderte sich über sie, wie er sich schon früher über sie gewundert hatte. Wenn er sein Leben nicht selbst schon weggeworfen hätte, würde er alles getan haben, um sie aus dieser Umgebung zu befreien. Er sagte ihr dies auch in unbeholfenen Worten.

»Gehen Sie doch selbst fort«, bat sie ihn. »So schnell wie möglich.«

Er schüttelte den Kopf, erhob sich, ging im Zimmer auf und ab und dachte, daß sie völlig in ihre Arbeit vertieft sei. Aber als er zu ihr hinschaute, bemerkte er, daß ihre Blicke ihm folgten.

»Jimmy – wer hat den Mann gestern abend niedergeschossen?«

Die Frage erschreckte ihn. Für kurze Zeit hatte er Shaun O'Donnell ganz vergessen.

»Ich . . . ich weiß es nicht«, erwiderte er unsicher.

»Wer hat auf ihn geschossen?«

Jimmy verlor plötzlich die Fassung und schluchzte haltlos. »Ich hab's getan!« stieß er schließlich hervor. »Ich habe versucht, mich vorher zu betrinken, aber je mehr ich trank, desto nüchterner wurde ich. Ja, ich wollte ihn ganz kaltblütig umbringen! Und dafür muß ich jetzt bezahlen.«

Sie nickte. »Es wird bald aus sein – mit uns allen.«

»Mit uns allen? Kein Mensch wird Ihnen etwas tun.«

Plötzlich kam ihm zum Bewußtsein, wie sehr sie unter Perellis Art leiden mußte. Ihre heitere Gelassenheit war nur Schein. Jimmy tastete nach ihrer Hand und hielt sie fest.

»Ich liebe dich, Minn Lee«, sagte er leise.

Behutsam machte sie ihre Hand frei.

»So etwas dürfen Sie nicht sagen.« Ihre Stimme zitterte. »Ich kann niemand mehr etwas bedeuten.«

In seiner Aufregung fing er an, verworrene Pläne zu schmieden. Sie konnten nach Kanada fliehen ...

Sie lachte leise und brachte ihn dadurch wieder zur Besinnung.

»Eine Chinesin paßt nicht zu Ihnen, Jimmy. Ich gehöre hierher zu Tony – und ich liebe ihn immer noch, trotz allem.«

Sie versuchte, ihm gut zuzureden. Aber er wiederholte immer nur, daß er sie liebe und mit ihr fliehen wolle.

Sie schüttelte den Kopf.

»Ich muß bei Tony bleiben.«

Perelli hatte die Tür geöffnet, überschaute die Situation mit einem Blick und betrachtete die beiden wie ein wohlwollender Vater.

Als Jimmy seine Stimme hörte, sprang er auf und murmelte eine Entschuldigung. Aber Perelli unterbrach ihn mit einer Handbewegung.

»Lassen Sie nur, Jimmy – ich fand es sehr interessant. Aber nun verschwindet, ihr Kindsköpfe. Ihr könnt euch ja in einem andern Zimmer noch unterhalten.«

Jimmy versuchte noch einmal, sich zu entschuldigen, aber Minn Lee zog ihn mit sich.

Tony sah ihnen mit einem seltsamen Lächeln nach.

15

Tom Feeney betrat vorsichtig den Raum. Er war vor längerer Zeit schon einmal hier gewesen, aber inzwischen hatte sich sehr viel ereignet. Zum Beispiel war Vinsetti gestorben, und man hatte die näheren Umstände seines Todes in der Unterwelt eingehend besprochen.

In der Tür drehte sich Tom um und gab mit lauter Stimme

seinen Begleitern Instruktionen – mehr um sich selbst Mut zu machen.

»Also, Jungs, legt eure Schießeisen fort. Das ist so abgemacht – stimmt doch, Tony?«

Perelli wußte genau, was in Tom vorging, und lächelte.

»Natürlich. Legt eure Kanonen auf den Tisch – und schenken Sie sich einen Whisky-Soda ein, Tom.«

Feeney holte zwei Pistolen aus seinen Schulterhalftern hervor und warf sie ostentativ auf den Tisch.

»Hier!«

Tony brachte ebenfalls zwei Pistolen zum Vorschein und legte sie daneben.

»Wo ist Angelo?« fragte Tom und schaute sich um.

»Ich habe ihn zu Schoberg geschickt.«

Tom war von dieser Antwort befriedigt.

»Eine gute Idee – Sie allein sind schon gerade genug.«

Tony holte eine Kiste Zigarren und bot zu rauchen an. Tom wählte und bediente sich.

Niemand sah Minn Lee, die von ihrem Zimmer aus auf den Balkon gegangen war und jetzt dicht neben dem geöffneten Fenster stand.

Tony zündete sich auch eine Zigarre an und begann das Gespräch.

»Hören Sie, Tom, was ich am Telefon sagte, meine ich auch so. Wir verdienen beide Geld – warum streiten wir uns denn um die paar Dollars? Hat doch eigentlich gar keinen Sinn.«

»Stimmt schon.« Feeneys Begeisterung wirkte nicht ganz echt. »Sie haben wirklich mehr Verstand als ein Professor!«

Perelli rückte zwei Sessel dicht nebeneinander, und sie nahmen Platz.

»Bedenken Sie vor allem eins, Tony – ich habe zwei gute Leute verloren, und bevor wir uns verständigen können, müssen wir uns erst über Shaun einigen. Wenn das erledigt ist, haben wir schon den Hauptteil der Schwierigkeiten überwunden.«

Tony murmelte etwas, und Tom hob die Hand.

»Ich weiß, ich weiß – Shaun konnte Sie nicht leiden! Er war hinter Ihnen her. Vergessen Sie aber nicht, daß ich eine Schwester habe, die mit ihm verheiratet war. Und Sie wissen ja, wie die Frauen sind. Sie jedenfalls ist jetzt darauf versessen, die beiden um die Ecke zu bringen, die ihren Mann erschossen haben – und meine Leute sind auf ihrer Seite.«

»Ihre Schwester ist eine sehr liebenswürdige, nette Dame«, entgegnete Perelli höflich.

Aber Tom ließ sich durch solche Komplimente nicht beeindrucken.

»Tun Sie nicht so, Perelli. Ihr Geschmack ist sie bestimmt nicht; und sie hat auch sonst noch niemals einen Mann begeistert mit Ausnahme von Shaun. Das macht die Sache eben so schwierig!«

»Was soll ich denn Ihrer Meinung nach tun?« fragte Tony geradezu.

Tom lehnte sich vor und sprach mit äußerstem Nachdruck.

»Wir wissen genau, wer Shaun umgelegt hat – es waren der junge McGrath und Con O'Hara; einer meiner Leute hat sie zurückfahren sehen. An dem jungen Studentchen verlieren Sie nicht viel. Für Con tut es mir eigentlich leid – ich habe ihn in New York gekannt –, aber er redet wirklich zu viel. Haben Sie eigentlich seine Frau schon gesehen?«

Tony hatte Mary nicht vergessen.

»Ja, ich kenne sie. Also, was soll ich tun?«

Tom Feeney dämpfte seine Stimme.

»Schicken Sie die beiden heute nacht an einen Platz, den ich Ihnen angebe, damit meine Leute sie erledigen können. Sagen wir elf Uhr, Ecke der Michigan Avenue und der Vierundneunzigsten Straße. Ein paar meiner Jungs werden dort sein – und damit wäre der Streit beigelegt.«

»Nein, das tue ich nicht!« fuhr Tony auf.

»Kann mir denken, daß Ihnen das nicht liegt, aber überlegen Sie doch mal ...«

Perelli stützte das Kinn auf die Hand, und einige Minuten lang schwiegen sie.

»Die beiden haben mir schon allerhand Sorgen gemacht«, begann schließlich Perelli wieder. In seiner Stimme lag jetzt ein merkwürdiger Unterton. Als Tom sah, daß Tony angebissen hatte, stieg seine Hoffnung.

»Es gibt in jeder Organisation schlechte Kerle und Verräter – denken Sie nur an Vinsetti!«

»Das weiß ich selbst am besten ...!«

Tony lächelte grimmig.

»Na also. Und hier ist es nicht anders. Wenn Sie keinen Spektakel wollen, ist dies der beste Weg.«

»Gut, die Sache ist in Ordnung«, sagte Tony langsam. »Ich schicke die beiden heute abend hin.«

Sie standen zu gleicher Zeit auf, als es an die Tür klopfte. Es war Angelo, halb verborgen hinter einem riesigen Blumenarrangement, das er vor sich hertrug und vor Tom niedersetzte.

Schoberg, der beste und teuerste Blumenhändler Chicagos, hatte wirklich ein Meisterwerk geliefert. Tom Feeney war gerührt.

»Wirklich sehr aufmerksam von Ihnen. Wunderschön – diese Blumen.«

Er nahm die Karte, die an dem Arrangement befestigt war und las:

Die Engel sahen Shaun und sangen,
ein guter Mann ist heimgegangen.
Tiefstes Beileid von Tony Perelli.

Tom war den Tränen nahe.

»Donnerwetter – wie schön gesagt!«

16

Tonys Gesellschaften waren bekannt dafür, daß es viel zu trinken gab und daß man sich ausgezeichnet unterhielt. Als die meisten Gäste in einem der großen Nebenräume nach den Rhythmen eines Bartrios tanzten, winkte er Verona zu sich in sein Zimmer.

»Ich schicke Con und Jimmy noch mit einem Auftrag weg, Angelo.«

Obwohl Tony mit einer besonderen Betonung gesprochen hatte, verstand sein Adjutant nicht sofort den Sinn seiner Worte.

»Warum denn?« fragte er, aber dann begriff er plötzlich die Situation. »Muß das wirklich sein?« fuhr er schnell fort.

»O'Hara hat eine zu große Klappe – es ist besser, wenn man ihn zum Schweigen bringt ...«

Angelo starrte ihn an und nickte.

»Schön – aber der Junge ...«

Er verzog den Mund, denn er war wirklich erstaunt darüber, daß Jimmy daran glauben sollte. Unumwunden fragte er Tony nach dem Grund.

»Hast du ihn nicht beobachtet? Der kippt bei der nächsten Gelegenheit um. Wenn Kelly ihn wirklich einmal ins Polizeipräsidium holt und verhört ...«

Aber es gelang Perelli nicht, seinen Adjutanten zu überzeugen.

»Du weißt doch ganz genau, daß ihn die Sache furchtbar mitgenommen hat. Ich sagte dir ja gleich, daß du ihn nicht schicken sollst! Auf andere Weise könnte er uns immer noch sehr nützlich sein.«

Dann sah Angelo, daß Tony auf den Balkon schaute, wo sich Minn Lee aufhielt. Angelo runzelte die Stirn. Jimmy sollte doch nicht etwa wegen Minn Lee in den Tod geschickt werden? Das wäre gegen die Spielregeln gewesen!

Minn Lee trat zu ihnen und sah sie schweigend an. Angelo fühlte die Spannung zwischen ihr und Tony und war froh, daß er sich unter einem Vorwand verabschieden konnte.

Perelli zweifelte immer noch, sein Verdacht war bis jetzt eigentlich mehr instinktiv. Selbst in Marys Nähe, hinter der er doch her war, hatte ihm Minn Lee gefehlt.

»Wo warst du den ganzen Abend?«

Sie sah ihm offen in die Augen.

»In meinem Zimmer.«

»Wenn ich Gäste habe, gehst du auf dein Zimmer! Du brauchst jetzt nur noch zu sagen, daß du dir zur Gesellschaft Jimmy mitgenommen hast.«

»Das habe ich auch.«

Er war völlig verblüfft über diese Aufrichtigkeit und starrte sie ungläubig an.

»Vielleicht hattest du auch noch die Tür abgeschlossen, wie?«

»Ja.«

Er holte tief Luft.

»Mut hast du!«

Er war jetzt so erregt, daß er kaum sprechen konnte. Sie und Jimmy allein – bei verschlossener Tür.

»Du sagtest doch, daß ich ihn von der Gesellschaft fernhalten soll.« Ein leichtes Lächeln spielte um ihre Lippen. »Nun – das habe ich getan!«

»Allerdings habe ich das gesagt«, entgegnete er heiser. »Aber habe ich damit vielleicht gemeint, daß du mit ihm in dein Zimmer gehen und die Tür verschließen sollst?«

Sie gab keinen Schmerzenslaut von sich, als er sie mit aller Kraft am Arm packte und seine Finger in ihr Fleisch preßte. Wütend sah er sie an und ließ sie dann mit einem kurzen Stoß frei.

»Nun schön, wir werden sehen . . .«, stieß er zwischen den Zähnen hervor. Mühsam nahm er sich zusammen und unterdrückte seine Erregung. »Sag Jimmy, daß ich ihn sprechen möchte.«

Ein unruhiger Ausdruck trat in ihre Augen.

»Willst du ihm Vorwürfe machen? Es war meine Schuld.«

Er schüttelte den Kopf.

»Nein, nein. Jimmy ist doch ein so lieber Junge. Wenn du wüßtest, wie gern ich ihn habe!« Er schaute auf seine Uhr. »Aber geh jetzt und sage ihm, daß ich ihn sprechen möchte.«

Sie wandte sich zur Tür.

»Ach, Minn Lee, rufe auch Con O'Hara ... Komm nochmal her.«

Gehorsam kehrte sie um und war nicht weiter erstaunt, als er seinen Arm um sie legte.

»Ich bin ein wenig nervös – habe im Augenblick entsetzlich viel zu tun. Sei nicht ...« Eine Handbewegung vollendete den Satz. »Du verstehst? Und kümmere dich ein wenig um Mrs. O'Hara, Minn Lee. Sie gefällt mir wirklich sehr gut. Erzähle ihr ein wenig von mir – wie großzügig ich bin und wie gut du es hier hast.«

Sie löste sich von ihm und sah ihn abwägend an. Er schaute wieder auf die Uhr.

»So, jetzt mußt du aber wirklich gehen.«

Als sich die Tür hinter ihr schloß, ließ sich Tony nachdenklich in einen Sessel fallen und betrachtete seine Fingernägel. Minn Lee war plötzlich wie umgewandelt – er konnte nicht schlau aus ihr werden. Das war nicht mehr die gehorsame Sklavin all seiner Wünsche und Launen – sie hatte sich seinem Einfluß entzogen und war selbständig und unabhängig geworden. Das Schrillen des Telefons riß ihn aus seinen Gedanken. Tom meldete sich, machte Tony Vorwürfe und fragte, ob er seine Pläne geändert habe, weil es schon so spät sei.

Als Tony ihm gerade versicherte, daß er sein Wort halten würde, klopfte es, und Jimmy kam herein. Er legte sofort auf.

»Tut mir leid, daß ich Sie gerade jetzt fortschicken muß. Kennen Sie Captain Strude?«

Jimmy schüttelte den Kopf.

»Ein Polizeioffizier? Nein.«

»Macht nichts. Wir nennen ihn ›Lefty‹, und unter diesem Namen werden Sie ihn heute abend auch kennenlernen.«

»Soll ich ihn aufsuchen?«

»Er kommt zu Ihnen – aber machen Sie sich deswegen keine Sorgen.« Bewundernd sah er Jimmy an. »Sie sehen ja großartig aus! Ich erkenne Sie kaum wieder.«

Jimmys verändertes Wesen war auch auffallend genug. Seine Augen strahlten, die tiefe Niedergeschlagenheit war von ihm gewichen, und er hielt sich aufrecht und gerade. Der Junge sieht wirklich gut aus, dachte Tony. Endlich jemand, der einen Smoking tragen konnte, ohne gleich wie ein Kellner auszusehen.

»Ich fühle mich auch besser«, erwiderte Jimmy.

»Dieser verdammte Kelly hat Ihnen scharf zugesetzt, wie?«

Jimmy pfiff leise vor sich hin und betrachtete seine Hände.

»Es ist merkwürdig«, sagte er dann ruhig. »In gewisser Weise ist mir der Mann sogar sympathisch.«

»Seien Sie nur nicht so empfindsam, das kann man in unserem Geschäft nicht brauchen. Minn Lee ist Ihnen ja auch sehr sympathisch, wie?«

Er stellte die Frage vollkommen gleichgültig, aber er erhielt eine Antwort, die ihn herumriß.

»Ja – ich liebe sie.«

Tony sah Jimmy scharf an.

»Sie lieben sie? Na ja, sie ist ja auch wirklich ein feiner Kerl. Sie hat sich bei mir herausgemacht.« Er wischte ein unsichtbares Stäubchen von seinem Ärmel. »Alles verdankt sie mir. Sie wohnte mit einem armseligen Maler zusammen, als ich sie fand.«

»Kommt es darauf an?«

»Mir nicht, ich bin immer großzügig gewesen.«

In diesem Augenblick kam Con herein. Er hatte ein selbstbewußtes Auftreten und verbarg seine Abneigung gegen Tony geschickter als gewöhnlich, obwohl er alle Ursache hatte, ihn zu hassen.

»Con, kennen Sie Captain Lefty Strude?«

»Nein. Aber es wird nicht mehr lange dauern, dann ist mir diese ganze Polizistenherde nicht mehr fremd.«

»Das glaube ich auch.« Tony ging zum Tisch, öffnete die Schublade und nahm ein Kuvert heraus. »Stecken Sie den Brief ein, Jimmy, und gehen Sie vorsichtig damit um – es sind dreißigtausend Dollar drin. Ich habe eine Ladung Alkohol erhalten. Doch das geht Sie nichts an. Sie bringen nur den Brief zur Ecke der Michigan Avenue und der Vierundneunzigsten Straße. Strude kommt gegen elf Uhr mit seinem Wagen dorthin. Er gibt ›Lefty‹ als Erkennungswort an – weiter nichts. Sie geben ihm den Brief und kommen dann sofort zurück. Viertel nach elf müssen Sie wieder hier sein.«

O'Hara sah, daß Jimmy den Brief einsteckte, und runzelte die Stirn.

»Wozu soll ich da mitgehen?« fragte er. »Um einen Brief wegzubringen, braucht man doch schließlich nicht zwei Leute?«

»Zwei Leute sind bestimmt nicht zuviel, um auf dreißigtausend Dollar aufzupassen«, erwiderte Tony. »Ich traue Tom nicht über den Weg. Er hat Wind davon bekommen, daß die Summe heute abend bezahlt werden soll.«

Con sah ihn argwöhnisch an. Dann stand er auf und war schon halb bei der Tür, als Tony ihn zurückhielt.

»Wohin gehen Sie?«

»Ich bringe meine Frau vorher heim.«

Tony lächelte.

»Sie wollen Ihre Frau heimbringen? Aber ich habe Ihnen

doch bereits gesagt, daß Sie beide heute nacht meine Gäste sind. Die Zimmer wurden schon gerichtet.«

Als Con trotzdem die Tür öffnete, kam Mary herein. Sie wollte wissen, warum ihr Mann zu Tony gerufen worden war. Er hatte sie den ganzen Abend gedrängt, nach Hause zu gehen, und es sah ihm ähnlich, daß er ihr die Freude verderben wollte.

»Ich bringe dich jetzt nach Hause, habe was zu erledigen – auf dem Rückweg hole ich dich dann wieder ab«, sagte Con.

Sie schaute ihn entrüstet an.

»Sag mal, für was hältst du mich eigentlich? Du kannst mich doch nicht ohne weiteres so herumkommandieren. Was hast du eigentlich vor?«

Tony sah sie lächelnd an.

»So etwas dürfen Sie niemals fragen.«

Jimmy beobachtete die Anwesenden und amüsierte sich beinahe über die Unterhaltung. Dann machte er einen Vorschlag, der halb ernst, halb ironisch gemeint war.

»Ich werde allein gehen. Schließlich kann ich für mich selbst sorgen.«

Diese Lösung kam O'Hara sehr gelegen.

»Klar können Sie das . . .«, begann er, aber Tony wandte sich ärgerlich nach ihm um.

»Sind Sie vielleicht ein solcher Angsthase, daß Sie sich fürchten, den Jungen zu begleiten? Im übrigen würde ich Jimmy, den ich so sehr schätze, nicht wegschicken, wenn ernstliche Gefahr vorhanden wäre.«

Con fügte sich brummend.

»Von mir aus«, sagte er laut. »Ich hole meinen Mantel.« Er sah bedeutungsvoll seine Frau an. »Mrs. Perelli wird sich um dich kümmern. Hast du mich verstanden?«

»Ich brauche keinen Schutzengel – kann auf mich selber aufpassen«, entgegnete sie schnippisch.

»Da haben Sie's«, grinste Tony. »Also, auf Wiedersehen, Jimmy. Kommen Sie bald zurück.«

Sein Blick streifte zufällig die äußere Brusttasche des jungen Mannes, aus der die obere Hälfte eines metallenen Zigarettenetuis herausschaute. »Was haben Sie denn da?«

»Ein Zigarettenetui – hat mir jemand geschenkt.«

Tony nickte und sah ihn mit einem verschlagenen Blick an. »Jemand, der Ihnen lieb ist? Sie tragen es ja direkt auf dem Herzen.«

»Ein Zufall.«

»Ich finde, es sieht dort nicht gut aus. Stecken Sie es doch in die Hüfttasche.«

Jimmy sah ihn einen Augenblick erstaunt an, aber dann verstand er plötzlich den Zusammenhang. Langsam zog er das Etui heraus und steckte es weg.

»Aber natürlich! An dieser Stelle würde es ja im Weg sein – meinen Sie nicht auch?«

Das übliche stereotype Lächeln Perellis verschwand schlagartig von seinem Gesicht. Jimmy sprach die nackte Wahrheit. Was wußte er? Hatte er irgendeinen Verdacht? Und wer konnte ihm etwas gesagt haben?

Jimmy war schon halbwegs den kurzen, breiten Korridor zur Eingangshalle entlanggegangen, als er hinter sich eine Stimme hörte. Minn Lee lief ihm nach. Er breitete die Arme aus und drückte sie einen Augenblick lang an sich. Beide achteten nicht auf Tony Perelli, der unter der Tür stand und sie mit offenem Mund betrachtete.

»Du wolltest gehen, ohne mir Lebewohl zu sagen, Jimmy«, sagte sie atemlos.

Er beugte sich zu ihr herunter und küßte sie. Im nächsten Augenblick schon hatte er sie losgelassen und war bei O'Hara, der an der Haustür auf ihn wartete.

Minn Lee ging direkt in den Salon zurück. Sie sah weder Perelli noch die Frau, die ihre Nachfolgerin werden sollte.

Traumverloren starrte sie vor sich hin – Jimmy sollte gut von ihr denken, das war der einzige Wunsch, den sie jetzt noch hatte.

»Hallo!« rief Tony brutal schon zum dritten Mal. »Hörst du denn nicht?«

Sie drehte sich lächelnd zu ihm um. Wie stark und selbstsicher er aussah . . .

»Komm doch mit nach oben, Tony. Willst du nicht mit mir tanzen?« fragte sie fröhlich. »Ich werde die schönste Frau im ganzen Saal sein – Jimmy hat es gesagt.«

Perelli blieb in der Mitte des Zimmers stehen, nachdem sie gegangen war. Jimmy hatte gesagt, daß sie die schönste Frau wäre; das traf ihn empfindlich und ließ neue Zweifel in ihm wach werden. Und doch hatte er bereits über Minn Lees Schicksal entschieden. Noch heute wollte er ihr Bescheid sagen. Es war nicht das erstemal, daß er Frauen fortschickte, wenn er genug von ihnen hatte. Aber daß ihn Minn Lee immer noch verletzen konnte, das war eine schmerzliche Entdeckung und neue Erfahrung für ihn.

Er hörte Marys aufreizendes Lachen hinter sich und drehte sich langsam um.

»Ich scheine ihr ja ziemlich gleichgültig zu sein«, sagte er nachdenklich.

»Nun ja, sie ist eben verliebt«, erwiderte Mary neckend. »Ich mag die Kleine gern.« Aber plötzlich erinnerte sie sich an ihren Mann. »Wo sind die beiden hingegangen? – Mr. Perelli, Sie hören wohl nicht gut?«

Perelli sah sie geistesabwesend an.

»Sie hat nicht ja und nicht nein gesagt – und sie ist einer direkten Antwort ausgewichen . . .«

Das Lächeln auf Marys Gesicht gefror.

»Wollen wir jetzt tanzen, oder ziehen Sie es vor, den ganzen Abend Selbstgespräche zu führen? Wie lange bleibt Con fort?«

Tony kam plötzlich zu sich. Con war weggegangen, er war aus dem Weg geräumt.

»Er wird vermutlich länger weg sein.« Tony lachte ihr ins Gesicht und legte den Arm um sie.

Sie machte sich frei.

»Wollen wir nicht lieber tanzen?«

Aber er hielt sie zurück und führte sie zu dem Sofa, das in der Ecke stand.

»Bleiben wir noch etwas da, hier stört uns niemand.«

Er zog sie an sich und küßte sie, und sie leistete ihm nur soviel Widerstand, als die Lage es erforderte. Auf jeden Fall wollte sie nach außen hin die Regeln des Anstands wahren.

»Sie sind ja sehr stürmisch«, sagte sie schließlich und schob ihn zurück. »Stellen Sie sich vor, es würde jetzt jemand hereinkommen – zum Beispiel Ihre Frau?«

Sein Gesicht verfinsterte sich bei ihren Worten, und sie stand ärgerlich auf.

»Wenn Sie mich nicht besser unterhalten, suche ich mir einen anderen Partner!«

Sie wandte sich brüsk ab und lief rasch hinaus. Einen Augenblick überlegte Perelli, dann folgte er ihr in das Gesellschaftszimmer, wo seine Gäste tanzten und sich unterhielten.

17

Jimmy saß am Steuer und war nicht im mindesten nervös. Con betrachtete ihn mehrmals verstohlen von der Seite. Er hatte schon bei manchen Menschen merkwürdige Veränderungen erlebt, aber Jimmy überraschte ihn.

»Was wollte Kelly eigentlich bei Tony?« fragte er plötzlich.

»Kelly?«

»Ja. Er ging gerade ins Haus, als Sie herauskamen. Ich dachte, Sie hätten ihn auch gesehen.«

Jimmy gab keine Antwort.

Die Verkehrsampel vor ihm wechselte gerade von grün

O'Hara sah ihn erstaunt an.

»Wie gefällt Ihnen das Leben, Con?«

O'Hara sah ihn erstaunt an.

»Wie meinen Sie das?«

»Nun, wie finden Sie's auf dieser Welt? Möchten Sie nicht gern weiterleben – mit Ihrer Frau und all den anderen schönen Dingen?«

Con grinste.

»Aber klar! Das Leben sagt mir ungemein zu.«

»Dann will ich Sie lieber vor unserem Rendezvous absetzen.«

»Vor unserem Rendezvous?« wiederholte Con verblüfft.

»Ja, vor der Stelle, wo wir den Captain treffen sollen«, erklärte Jimmy. »Es ist besser, wenn ich allein gehe.«

»Aber warum denn?«

»Wissen Sie, was es bedeutet, in den Tod geschickt zu werden?«

Ein kurzes Schweigen trat ein. Die Ampel zeigte jetzt wieder grün, und der Wagen fuhr in schnellem Tempo weiter.

»Wer soll denn in den Tod geschickt werden?« fragte Con dann langsam.

»Vermutlich wir.« Jimmy seufzte leise. »Ich werde anhalten, damit Sie aussteigen können. Oder Sie bleiben im Wagen und lassen mich aussteigen.« Er dachte eine Weile nach. »Nein, ich glaube, es ist besser, wenn ich weiterfahre, denn wenn sie den Wagen nicht sehen, glauben sie, Perelli hätte sein Wort nicht gehalten ...«

»Wir sollen hinfahren, damit uns die andern niederknallen ...? Dieser gemeine Schuft ...«

»Ich glaube es bestimmt«, erwiderte Jimmy ernst.

Con O'Hara atmete schnell.

»Wer hat Ihnen denn das gesagt?«

Jimmy lächelte im Dunkeln.

»Jemand, der mich nicht anlügt.«

»Minn Lee?«

»Jemand, der nicht lügt«, wiederholte Jimmy. »Ich will Sie jetzt absetzen.«

Er hielt dicht neben dem Gehsteig.

»Sie sind verrückt«, sagte Con. »Wenn das wahr ist, werden Sie doch nicht hinfahren und sich von diesen Kerlen abknallen lassen?«

Jimmy McGrath gab darauf keine Antwort, und Con O'Hara schöpfte plötzlich einen Verdacht.

»Sie wollen wohl allein mit dem ganzen Geld abhauen?«

Jimmy drehte das Licht an, nahm den Briefumschlag aus der Tasche und riß ihn auf. Ein Bündel weißer Papierfetzen fiel heraus.

»Hier – sehen Sie selbst«, entgegnete er ironisch. »Mit diesen Moneten kann ich mir für den Rest meines Lebens jeden Luxus leisten!«

Con griff nach dem Papier und untersuchte es genau.

»Das sind ja nichts als wertlose Schnipsel!« stieß er erregt hervor.

»Wollen Sie jetzt aussteigen?«

Jimmy öffnete die Tür, und O'Hara zögerte keinen Augenblick. Er schaute die dunkle Straße entlang, aber es war niemand zu sehen.

»Ich werde aufpassen«, sagte er atemlos. »Fahren Sie weiter, Jimmy . . . Haben Sie wenigstens ein Schießeisen?«

»Das brauche ich nicht.«

Er schloß die Tür, winkte Con zu und fuhr an.

An der verabredeten Stelle hielt er und stieg aus. Er konnte niemand entdecken, aber bald darauf tauchten die beiden hellen Scheinwerfer eines Autos auf, das rasch an ihm vorbeifuhr. Ein wenig später näherte sich ihm ein anderer Wagen mit geringerer Geschwindigkeit.

Er war nur noch einige Schritte entfernt, als sich am Seitenfenster etwas bewegte ...

Jimmy McGrath blieb ruhig stehen. Er rührte sich auch nicht, als er in die Mündung eines Maschinengewehrs blickte ...

Lautlos brach er auf dem Gehsteig zusammen. Er hörte nicht mehr den aufheulenden Motor des Autos, das sich rasch entfernte.

18

Angelo öffnete Kommissar Kelly die Wohnungstür. Es gelang ihm nicht ganz, seinen Schreck über den Besuch zu verbergen, denn er hatte schon lange klar erkannt, welche Gefahr der Organisation durch diesen Mann drohte.

Zwischen Kelly und Angelo bestand eine gewisse Sympathie, die man nur schwer definieren konnte. Kelly betrachtete Angelo als zukünftigen Leiter der Gesellschaft, die jetzt Perelli unterstand, und er wußte auch, daß sich dann nicht nur die Methoden ändern, sondern sogar eine Wendung zum Besseren eintreten würde, wenn Angelo die Führung übernahm.

»Wo ist Perelli?« fragte er barsch.

Er schaute sich um und sah die ausgetrunkenen Flaschen und Gläser. Auch ohne die Musik, die aus den hinteren Räumen drang, wäre ihm klar gewesen, daß hier eine Party gegeben wurde.

»Er ist vor einiger Zeit weggegangen, um einen Freund aufzusuchen«, erwiderte Angelo schnell.

Kelly lächelte.

»Perelli geht doch nicht zu Fuß, und sein Wagen steht drunten in der Garage.«

Angelo nahm die Zurechtweisung gelassen hin. Es gehörte zu seinen Aufgaben, die Polizei stets über Tonys Aufenthaltsort im unklaren zu lassen.

»Er ist mit einer Dame nach oben gegangen«, erklärte er dann in vertraulichem Ton. »Sie kennen Perelli doch! Wollen Sie etwas trinken?«

Kelly ging auf und ab.

»Tom Feeney war heute hier.«

Angelo nickte.

»Ja. Wir haben uns jetzt endlich mit ihm geeinigt.«

»Aha, die feindlichen Brüder vertragen sich plötzlich! Sagen Sie mal, wo steckt eigentlich der junge McGrath?«

Angelo lächelte verbindlich.

»Er ist auch irgendwo im Haus – ein wirklich netter Junge.«

»Im Haus? Wenn ich nicht irre, haben ich ihn unten an der Tür gesehen, als ich kam. Holen Sie Perelli – ich muß sofort mit ihm sprechen.«

Angelo wandte sich zur Tür.

»Aus welchem Anlaß findet denn diese Party heute abend statt?« fragte Kelly.

»Tony hielt es für gut, die Verständigung zwischen Tom und ihm ein wenig zu feiern«, entgegnete Angelo. »Shaun wurde ja heute nachmittag schon beerdigt. Haben Sie die Blumen gesehen? Ganze Wagenladungen voll!«

In diesem Augenblick kam Minn Lee herein und setzte sich mit ihrer Stickerei auf die Couch. Kelly begrüßte sie mit einem freundlichen Nicken. Angelo verließ das Zimmer.

»Sie sehen sehr hübsch aus«, sagte Kelly höflich.

Lächelnd schaute sie auf ihr Pariser Modellkleid und blickte dann zu dem Kommissar auf.

»Gefällt Ihnen das Kleid?«

»Vorzüglich«, erwiderte Kelly bewundernd.

Sie lachte vergnügt, und er betrachtete sie erstaunt.

»Ich habe Sie noch gar nie so lustig gesehen, Minn Lee.«

Er wollte keine nähere Erklärung.

»Minn Lee, Sie wissen, daß ich Sie trotz der Umgebung, in der Sie leben, recht gern habe. Wann gehen Sie denn nun fort?«

»Wie kommen Sie darauf, daß ich fortgehe?« fragte sie.

»Nun, es wäre jetzt allmählich an der Zeit. Sie sind immerhin die dritte Frau, die ich hier kennenlernte ... Einmal ist noch jede verschwunden.«

»Ich weiß es. Die armen Mädchen!« Ihre Stimme klang sorglos.

»Vielleicht wissen Sie auch, woher Mr. Perelli das Geld zu seinem luxuriösen Leben nimmt?«

Sie zuckte die Achseln.

»Alkoholschmuggel!«

»Stimmt. Es gibt aber auch noch andere Einnahmequellen – er ist zum Beispiel Besitzer von drei Nachtlokalen, deren Hauptattraktionen sehr zweifelhafte Animierdamen sind.«

Ihre Hände lagen gefaltet in ihrem Schoß, und sie schaute ihn nicht an.

»Auch das weiß ich«, erwiderte sie leise. »Ich bin doch kein Kind mehr. Aber warum erzählen Sie mir das?«

Er hatte seine guten Gründe dafür. Sie sollte etwas hören, was ihr panischen Schrecken einjagen würde.

»Die Geschäftsführerin eines dieser Lokale, die besonders auf die Mädchen aufpassen muß, hat Geld unterschlagen – ihre Stelle ist frei.«

Es war ihr äußerlich nichts anzumerken, und er staunte über ihre Haltung.

»Das ist mir gleichgültig. Wenn Sie mir gestern so etwas gesagt hätten, wäre ich traurig geworden. Aber jetzt kann mich nichts mehr kränken.«

Er schaute auf ihre Hand, an der ein großer Diamant blitzte.

»Da haben Sie ja einen fabelhaften Ring.«

Sie nickte zerstreut, und er merkte, daß sie mit ihren Gedanken weit weg war.

»Ich habe ihn schon früher gesehen. Jede Frau, die mit Perelli zusammenlebte, hat ihn getragen.«

Allmählich fand sie wieder in die Wirklichkeit zurück. Sie lächelte ein wenig und seufzte.

»Ja, das glaube ich auch.«

»Eines Tages wird Perelli den Ring zurückverlangen.«

Sie betrachtete den Ring so aufmerksam, als ob sie ihn noch nie gesehen hätte.

»Ich brauche ihn nicht – er bedeutet mir nichts.«

»Eines Tages schickt er auch Sie nach Cicero hinaus«, fuhr er ernst fort. »Sie wissen, was dort auf Sie wartet?«

Sie schüttelte den Kopf.

»Sie werden zuerst in dem vornehmeren Lokal sein, in dem nur reiche Leute verkehren.«

»Nein!«

Sie stieß das Wort so heftig hervor, daß er einen Augenblick glaubte, er habe sie wirklich erschreckt.

»Und nach einem Jahr steckt man Sie dann in eine bessere Kneipe, wo nur Bier und Schnaps getrunken wird.«

»Nein!«

Er faßte sie an den Schultern und drehte sie um, so daß er ihr ins Gesicht sehen konnte.

»Das ist der Weg, den alle gegangen sind, Minn Lee. Alle, die sich einmal Mrs. Perelli nannten, haben auf die gleiche Weise geendet.«

Eine lange Pause folgte.

»Aber ich sehe einen Ausweg für Sie«, sagte er dann.

Auch sie kannte einen Ausweg – doch davon wußte Kelly nichts. Er dachte nur daran, wie er Perelli fangen könnte.

»Auf der Bank liegen hunderttausend Dollar, auf die bisher niemand Anspruch erhoben hat. Es ist die Belohnung für denjenigen, der den Mörder Vinsettis angeben kann. Tony Perelli hat es getan – und zwar ganz allein. Sie wissen es doch?«

Sie machte eine abwehrende Handbewegung und setzte sich müde auf einen Stuhl.

»Jetzt sind Sie wieder der Polizeibeamte – ich habe es viel lieber, wenn Sie anders mit mir reden.«

Kelly sah sich um und dämpfte seine Stimme. Er wußte noch viel besser als Minn Lee, was sich schon alles in diesem Haus abgespielt hatte; auch über die Affaire Tonys mit Mary hatte er schon Informationen erhalten. Vielleicht konnte er sie dadurch zum Reden bringen.

»Sie hätten nichts zu fürchten, Minn Lee – kein Gangster würde es wagen, Sie anzurühren. Das einzige Vergehen, für das man in Chicago mit Sicherheit hingerichtet wird, ist die Ermordung einer Frau. Und außerdem würde ich Ihnen für Ihr Leben garantieren.«

»Geben Sie sich keine Mühe, Mr. Kelly. Ich fürchte mich nicht vor Tonys Nachtlokalen – denn ich werde niemals dort hingehen. Dazu ist meine Selbstachtung doch noch zu groß.«

»Sie kennen Tony Perelli immer noch nicht!«

»Ich weiß schon – Sie wollen mich ein wenig aus der Ruhe bringen. Aber wenn ich gehe, will ich von allen Leuten in Frieden scheiden.«

Das war ihm neu.

»Sie gehen also wirklich?« fragte er eifrig.

Sie nickte.

»Weiß Tony davon?«

»Nein.«

Sie sah an ihm vorbei. Tony stand in der Tür und lächelte sie an.

»Aha, Minn Lee unterhält Sie ein wenig«, sagte er. »Ich hörte, daß Sie mich sprechen wollten?« Er nahm Minn Lee die Stickerei aus der Hand. »Der alte chinesische Drache wächst ja gar nicht mehr. Schauen Sie mal her.« Er zeigte Kelly stolz das Werk. »Hat sie das nicht hübsch gemacht?« Er küßte sie. »Jetzt geh, Kleine – nachher habe ich Zeit für dich.«

Kelly gab Minn Lee die Hand.

»Leben Sie wohl.«

Sie zögerte einen Augenblick, nahm dann seine Hand und machte einen kleinen Knicks.

Tony sah ihn erstaunt an.

»Ich sehe zum erstenmal, daß Sie jemand die Hand geben, Mr. Kelly.«

»Und ich habe zum erstenmal jemand in Ihrer Wohnung getroffen, der einen Händedruck wert ist«, erklärte der Beamte kurz. »Sie erwarten doch nicht, daß ich einen Gauner wie Sie auf diese Weise begrüße?«

Einen Augenblick lang sah ihn Perelli mit mörderischer Wut an, aber dann beherrschte er sich und wandte sich mit seinem üblichen Lächeln an Angelo, der auch hereingekommen war.

»Hast du das gehört? Das reicht für eine Beleidigungsklage.«

Angelo war ein aufmerksamer Beobachter und schwieg. Er fühlte instinktiv, daß sich die Beziehungen zwischen dem Polizeibeamten und Tony geändert hatten. Kelly sprach wie ein Mann, der etwas wußte.

»Kommen Sie auf mein Büro, wenn Sie die Klage einreichen wollen. Ich bin allerdings nicht so luxuriös eingerichtet wie Sie – und die letzten acht Bandenchefs, die mir dort im Laufe der Zeit gegenübersaßen, sind tot.«

Tony Perelli lächelte ungläubig.

»Die hätten sich eben wehren sollen! Angelo, findest du nicht auch, daß Mr. Kelly sehr schlecht über uns denkt? Immer muß ich an allem schuld sein – sogar daß Vinsetti ermordet wurde, will man mir in die Schuhe schieben.«

Es sah Perelli ähnlich, Vinsetti zu erwähnen; diese Kühnheit verblüffte Kelly.

»Vinsetti? Hm. Er hob dreihunderttausend Dollar von seiner Bank ab, kam hierher und wurde nie wieder lebend gesehen.«

»Nun, den ganzen Morgen saß er schließlich bei Ihnen und verpfiff seine Freunde, dieser Verräter!«

»Und dann ging er hierher, in dieses Zimmer – das er nicht mehr lebend verließ«, konterte Kelly.

Perelli wurde es jetzt doch etwas ungemütlich, und er schaute sich nach seinem Adjutanten um, der auch sofort einsprang.

»Keine falschen Beschuldigungen, Mr. Kelly – schließlich waren Sie zehn Minuten später hier.«

»Und haben Sie vielleicht Blutspuren gefunden?« fuhr Tony zornig fort. »Haben Sie eine Leiche gesehen, einen Schuß gehört?«

»Niemand hätte den Schuß hören können«, erwiderte Kelly. »Den Schalldämpfer auf Ihrer Pistole kenne ich ganz genau.«

Perelli lachte gezwungen.

»Ganz wie Sie meinen – ich töte eben alle Leute! Wenn ich nicht da wäre, hätten die Zeitungen überhaupt nichts zu schreiben!«

19

Angelo war wieder hinausgegangen, und Tony wartete. Irgend etwas war geschehen, das fühlte er.

»Haben Sie etwas Neues erfahren?« fragte der Kommissar gleichgültig und nahm eine lange, dunkle Zigarre aus seinem Etui.

Tony lächelte.

»Nein. Aber Sie sind doch sicher nicht hergekommen, um mich zu fragen, was es Neues gibt? Das können Sie schließlich für drei Cents in der Zeitung lesen!«

Kelly ging eine Weile im Zimmer auf und ab und blies große Rauchwolken vor sich hin. Dann blieb er plötzlich stehen und sah Tony mit einem eiskalten Blick an.

»Perelli, wieviel verdienen Sie eigentlich jährlich mit Ihren Unternehmungen? Doch eine ziemlich hohe Summe?«

Tony zuckte die Schultern.

»Weil wir Freunde sind, will ich es Ihnen sagen«, entgegnete er mit leiser Ironie. »Und unter Freunden hat man doch keine Geheimnisse, nicht wahr? Also, ich verdiene eineinhalb bis zwei Millionen im Jahr. Allerdings sind die Geschäftsunkosten sehr hoch. Im vorigen Jahr mußte ich etwa eine Million bezahlen, meistens an Leute von der Polizei. Es ist schlimm, wieviel Schmiergelder diese Beamten verschlucken! Die meisten stehen auf unseren Zahllisten. Diese Demoralisation ist geradezu entsetzlich!«

Kelly lächelte verbissen.

»Können Sie mir die Summe nennen, die ich von Ihnen bekommen habe?«

Tony lachte über diese Frage. Er hatte vor Polizeibeamten nicht den geringsten Respekt, ob sie nun Geld von ihm annahmen oder nicht.

»Gestatten Sie mir die Meinung, daß Sie wirklich sehr unklug sind. Das Leben ist so kurz, und warum sollte man es sich nicht so angenehm wie möglich machen? Wenn man aber kein Geld hat, so ist es schwer, vergnügt zu sein. Seit fünf Jahren habe ich keine Zehndollarnote mehr in der Hand gehabt – sehen Sie, das nenne ich Lebensart! Man darf überhaupt nicht wissen, daß es solches Kleingeld gibt.«

Er schaute Kelly selbstsicher an.

»Ihre Mädchen in Cicero wissen aber sehr wohl, wie ein Zehndollarschein aussieht«, erwiderte Kelly mit Nachdruck.

Die Bemerkung kränkte Tony, denn er war in diesem Punkt merkwürdig empfindlich. Im Grund schämte er sich der Einnahmequellen aus seinen Lokalen in Cicero, und wenn die Sprache darauf kam, protestierte er stets entrüstet dagegen, daß er mit dieser Sache etwas zu tun habe. Mit seinen Vertrauten allerdings redete er davon wie von anderen geschäftlichen Unternehmungen, kontrollierte die eingehenden Gelder und freute sich über finanzielle Erfolge.

»Aber lieber Kommissar, Sie sprechen immer von meinen Mädchen in Cicero«, erklärte er in bedauerndem Ton. »Ich habe weder Mädchen in Cicero noch sonstwo. Diese Lokale gehören mir nicht, und es wäre mir auch ganz unmöglich, solches Geld anzunehmen – ich dachte, Sie würden mich besser kennen, Mr. Kelly.« Er spielte den Verletzten. »Ich habe niemals auch nur einen Dollar in derartigen Unternehmungen investiert. Jeder, der mich kennt, wird Ihnen das bestätigen. Meine Feinde verbreiten natürlich solche Gerüchte über mich, aber beweisen können sie nichts – das wissen Sie doch ganz genau!«

Kelly machte ein skeptisches Gesicht.

»Haben Sie wirklich nichts damit zu tun? Wie steht es denn zum Beispiel mit der ›Skyline-Bar‹?«

Tony lächelte mitleidig.

»Die ›Skyline-Bar‹! Ich kenne das Lokal natürlich; meiner Ansicht nach steht es in einem falschen Ruf – doch das geht mich nichts an. Das Haus gehört mir nicht, ich weiß nicht einmal, wer der Besitzer ist.«

»Freut mich, das zu hören«, sagte Kelly herzlich. »Deshalb bin ich nämlich hergekommen. Eine Bande von Rowdies hat heute abend die ›Skyline-Bar‹ überfallen, die Mädchen auf die Straße geworfen und das Lokal angesteckt. Es ist vollständig ausgebrannt.«

Tonys Gesicht war plötzlich blaß geworden, und er verlor jede Selbstbeherrschung.

»Was sagen Sie da?« Er sprang auf, seine Hände zitterten. »Das ist doch nicht wahr!« Vor Erregung konnte er kaum sprechen. »Das wäre mir schon längst gemeldet worden ... Die ›Skyline-Bar‹ ist hunderttausend Dollar wert!« Er ging wütend auf und ab. »Diese verfluchte Bande! Die Kerle gehören alle an die Wand gestellt!« Er trat dicht vor Kelly hin und drohte ihm mit der Faust. »Gibt es denn keine Polizei in Cicero?« schrie er.

»Das müssen Sie doch selbst am besten wissen – die Leute stehen ja auf Ihren Zahllisten. Und warum regen Sie sich eigentlich so furchtbar auf? Sie sagten doch eben, daß das Haus nicht Ihnen gehört und daß Sie keinen Dollar in ähnlichen Unternehmungen investiert haben. Es kann Ihnen doch wirklich gleichgültig sein.«

»Diese gemeine Bande!« Tonys Stimme zitterte vor Wut. »Gibt es denn überhaupt kein Gesetz mehr? Hunderttausend Dollar – und nicht für einen Cent versichert!«

Tony suchte jetzt nichts mehr zu verheimlichen. Ein Verlust von hunderttausend Dollar war auch für ihn keine Kleinigkeit.

Kelly, der ihn mit unverhohlener Schadenfreude betrachtete, wollte wieder gehen.

»Tut mir furchtbar leid«, sagte er. »Aber einen kleinen Trost habe ich wenigstens für Sie – es sind keine Menschenleben zu beklagen. Da Sie doch ein so großer Menschenfreund sind, wird Sie dies sicher etwas beruhigen.«

Tony hatte inzwischen mühsam seine Fassung wiedergewonnen. Er hielt Kelly unter der Tür noch einen Augenblick zurück.

»Warten Sie noch einen Moment – ich hätte ganz gerne einmal offen mit Ihnen geredet. Obwohl Sie im andern Lager stehen, sind Sie ein tüchtiger Kerl, das muß Ihnen der Neid lassen. Ich weiß genau, wie ich mit Ihnen dran bin. Wäre nett, wenn Sie für mich auch ein wenig Verständnis aufbrächten ... Es gibt eben nur eine Art, eine Organisation wie die meine zu leiten. Manchmal sind die Methoden, die ich anwenden muß, etwas hart – das gebe ich zu. Aber was liegt denn auch daran, wenn ein paar Leute über den Haufen geschossen werden, die sich sowieso außerhalb des Gesetzes gestellt haben. Eigentlich sparen wir dem Staat eine Menge Geld, wenn wir Streitigkeiten untereinander erledigen!«

Perelli hatte mit Nachdruck gesprochen, aber Mr. Kelly zeigte sich nicht sehr beeindruckt.

»Großartig!« sagte er. »Diese Lesart habe ich aber schon so oft gehört, daß ich sie nächstens auswendig weiß. Soll sich das Ganze übrigens auf Jimmy McGrath beziehen?«

Tony warf ihm einen schnellen Blick zu. Vermutete Kelly etwas?

»Jimmy ist ein netter Kerl, und ich habe ihn sehr gern«, entgegnete er gewandt. »Könnte meinen eigenen Bruder nicht mehr schätzen.«

»Empfinden Sie diese Gefühle auch für Con O'Hara?«

»Auch ein braver Mensch.«

»Wo sind denn die beiden?«

Tony tat geheimnisvoll, schaute sich vorsichtig um und dämpfte seine Stimme.

»Ich glaube, sie wollen sich mit ein paar Mädels einen vergnügten Abend machen – erzählen Sie aber O'Haras Frau nichts davon.«

»Aha. Und mit Tom Feeney sind Sie jetzt auch ein Herz und eine Seele?«

Kelly konnte wirklich unangenehm werden. Er führte die Unterhaltung so sprunghaft und so schnell, daß sein Gesprächspartner immer wieder verblüfft wurde. Dies war eine seiner Methoden, Informationen herauszulocken.

»Sicher, wir stehen jetzt sehr gut miteinander. Vorher gab es ja öfters einige kleine Mißverständnisse.«

»Zuletzt wohl wegen Shaun O'Donnell?«

Tony streckte verzweifelt die Hände aus, an denen seine vielen Ringe glänzten.

»Ich kann Ihnen nur sagen, daß jetzt alles in Ordnung ist.«

Kelly schaute ihn noch einmal durchdringend an.

»Welchen Preis habe Sie denn dafür gezahlt, daß jetzt alles in Ordnung ist?«

Diesmal spielte Tony die Rolle des Entrüsteten zu vollendet, um glaubhaft zu wirken.

»Mr. Kelly, Sie sollten mich wirklich nicht dauernd beleidigen.«

Ungerührt stellte der Beamte die entscheidende Frage:

»Haben Sie vor, deswegen irgend jemand in den Tod zu schicken?«

»Um Himmels willen, nein! Wie können Sie nur so etwas denken, Mr. Kelly! In den Tod schicken – das wäre doch Mord . . .«

»Gewiß wäre das Mord!« Kelly setzte seinen Hut auf. »Aber auf ein paar Morde mehr oder weniger kommt es Ihnen ja nicht an – Sie dreckiger Schuft! Gute Nacht!«

In diesem Augenblick kam Minn Lee zur anderen Tür herein. Gleich darauf läutete das Telefon; Kelly zeigte auf den Apparat.

»Melden Sie sich«, befahl er. »Ich habe meinen Leuten gesagt, daß ich hier bin.«

Perelli bemerkte Minn Lee, und sein ganzer Groll entlud sich auf sie.

»Mach, daß du fortkommst«, zischte er zwischen den Zähnen. »Hörst du nicht? Wir werden noch abrechnen wegen Jimmy, verstanden?«

Kelly ging auf das Telefon zu, als es von neuem klingelte.

»Nein, nein, ich melde mich schon«, sagte Perelli hastig und hob den Hörer ab. »Wer ist da?« erkundigte er sich bissig, änderte seinen Ton aber sofort. »Ach, das Polizeipräsidium? Ja, Mr. Kelly ist hier.« Er gab dem Kommissar den Hörer.

Gefahr war für ihn im Anzug, das fühlte er deutlich. Die Polizei nahm eine drohende Haltung an, und er wußte, daß er sich jetzt in acht nehmen mußte. Trotzdem beschäftigten sich seine Gedanken momentan ausschließlich mit Minn Lee und seinen neuen Plänen.

»Meinst du vielleicht, ich hätte nicht gesehen, wie dich Jimmy geküßt hat?« flüsterte er ihr zu.

Minn Lee beachtete ihn nicht. Kelly telefonierte immer noch, und sie wußte gut genug, was ihm gerade gemeldet wurde.

»Ach ...! Wann ist das passiert ...? Der junge McGrath? Ist er tot?«

Minn Lee sah ihn an – ihre Augen waren von einem merkwürdigen Glanz erfüllt.

»... Ecke Michigan Avenue und Vierundneunzigste Straße? Ist sonst noch jemand erschossen worden? Nur McGrath ...? Sind Sie Ihrer Sache auch ganz sicher? O'Hara war nicht bei ihm?«

20

Etwas fiel zu Boden – Tony war der Brieföffner, mit dem er gespielt hatte, aus der Hand geglitten. Was sollte das bedeuten? O'Hara war nicht dabei. Er wollte seinen Ohren nicht trauen.

»Ich bin sofort bei Ihnen, lassen Sie alles, wie es ist!« rief Kelly noch in den Hörer und donnerte ihn dann auf den Apparat.

»Morgen früh um neun erwarte ich Sie im Polizeipräsidium, Perelli«, sagte er und knallte die Tür hinter sich zu.

Tony wandte sich rasend vor Wut an Minn Lee.

»Hast du gehört, wie er mit mir umspringt? Mit mir – Tony Perelli! Als ob ich ein Hund wäre!«

Sie hörte ihn nicht. Sie sah in die Ferne, ihre Lippen waren leicht geöffnet.

»Jimmy! O Jimmy!«

»Er ist jetzt in der Hölle!«

»Vielleicht war er vorher noch im Himmel«, sagte sie leise.

»Du warst wohl in ihn verliebt?« fragte er höhnisch.

In Wirklichkeit zog er diese Möglichkeit eigentlich nicht ernsthaft in Betracht. Es war doch undenkbar, daß Minn Lee . . .

»Ich liebte immer nur dich, nicht ihn. Doch daß ich ihn glücklich gemacht habe, macht mich selbst glücklich. Wenn mein ganzes Leben verpfuscht war – für ihn bedeutete ich wenigstens etwas!«

Er wich vor ihr zurück.

»Was soll das alles heißen?«

»Er wußte, daß er in den Tod ging, und er war froh darüber«, sagte sie leise.

Tony wischte seine feuchte Stirn ab.

»Er wußte, daß er in den Tod ging? Wer hat ihm denn das gesagt?«

»Ich.« Aus ihrer Stimme klang weder Furcht noch Trotz, sie stellte nur eine Tatsache fest. »Er wollte nicht mehr leben, seine Schuld lastete zu schwer auf ihm. Vielleicht interessiert es dich noch, daß er so furchtlos in den Tod ging, weil ich ihm gesagt hatte, daß ich ihn liebe . . .«

»Du hast ihn geliebt?« Tony war starr vor Entsetzen. »Ich denke, du liebst mich. Weißt du nicht mehr, wem du gehörst? Mir!«

»Jetzt gehöre ich ihm.«

Er konnte nicht mehr reden vor Wut. Plötzlich sprang er auf sie los und packte sie an der Kehle.

»Überlege dir lieber, wo Con O'Hara ist . . .«, keuchte sie atemlos.

Diese Frage brachte ihn wieder zur Vernunft.

Con O'Hara – die Polizei hatte ihn nicht gefunden, er mußte noch am Leben sein. Und wenn Jimmy es gewußt hatte, dann wußte er es auch. Das bedeutete Gefahr, höchste Gefahr für Tony selbst, denn trotz mancher Schwächen war Con ein Mann, vor dem sich jeder hüten mußte. Ausgerechnet er war nicht in die Falle gegangen . . .

»Ich gehe in mein Zimmer«, sagte Minn Lee.

»Scher dich zum Teufel . . .« Plötzlich fuhr ihm ein Gedanke durch den Kopf. »Du hast doch mit Kelly gesprochen – hast du ihm etwas gesagt?«

Sie lehnte an der Wand, und er packte sie wild an den Schultern.

»Hast du ihm etwas gesagt? Vielleicht willst du mich verpfeifen, wie . . .?«

Seine Finger krampften sich wieder um ihre Kehle und erstickten ihre Worte.

»Du lügst, du schmutzige kleine . . .!«

Perellis Gesicht hatte sich verzerrt; sein wahrer Charakter, die ganze Gemeinheit und Hemmungslosigkeit seiner eigentlichen Natur kamen jetzt zum Vorschein.

»Du weißt wohl verdammt viel, was?«

Mit einer geschickten Drehung machte sie sich aus seinem Griff frei.

»Du hast recht. Ich weiß, daß du Vinsetti erschossen hast.«

»So? Woher willst du denn das wissen?«

»Du redest im Schlaf – manchmal läßt dir dein Gewissen anscheinend doch keine Ruhe.«

Er schleuderte sie über den Tisch und packte rasend vor Wut die schwere Bronzefigur, die neben ihm stand. Auch jetzt verlor sie noch nicht die Beherrschung.

»Besser, du bringst mich nicht um. Nicht wegen mir – aber Kelly sagte, daß man in Chicago zum Tod verurteilt wird, wenn man eine Frau ermordet. Ich sollte ihm alles erzählen, und er versprach mir hunderttausend Dollar Belohnung, aber ich sagte ihm – daß ich dich liebe.«

Perelli hörte ein schwaches Geräusch und warf einen Blick über die Schulter. Angelo lehnte an der Tür, die Hände leicht auf die Hüften gestemmt. In dem Augenblick, als Tony die Bronzefigur hob, war er dem Tod sehr nahe gewesen, denn Angelo Veronas Finger hatten sich bereits um den Griff seiner schweren Pistole geschlossen.

»Das hast du ihm gesagt?« fragte Tony heiser. Er sah sie an, dann wanderten seine Blicke zu Angelo. »Gut, Minn Lee. Es ist alles in Ordnung . . .« Er verabschiedete sie mit einer leichten Geste.

»Was gibt es hier?«

Perelli hörte die metallene Härte in Angelos Stimme.

»Schick alles fort, was nicht unmittelbar zu uns gehört, Angelo. Ist Tomasino oben? Ja? Wer noch?«

»Toni Ramano, Jake French, Al Marlo . . .«

»Schicke sie sofort los! Sie sollen mit dem Wagen die Stadt absuchen und Con O'Hara auftreiben.«

»Aber . . .«

»Er ist ein Verräter. Er hat den Jungen allein gehen lassen. Jimmy ist tot. Keinesfalls will ich eine Schießerei hier in der Nähe haben, verstanden? Stelle einen Mann an die Haustür, der mir ein Signal gibt, wenn er von selber herkommen sollte. Ich möchte ihn dann persönlich erledigen.«

»Con hat doch nicht etwa gewußt, daß er in den Tod geschickt wurde?« fragte Angelo entsetzt.

»Du Schwachkopf – natürlich muß er es gewußt haben.«

»Soll ich alle Leute, die noch hier sind, fortschicken?«

»Ja – das heißt, O'Haras Frau bleibt hier.«

»Soll ich auch mit den anderen in die Stadt fahren?«

»Nein. Halte zwei oder drei Mann hier bereit. Die Couch muß hereingeschafft werden. Los jetzt – tausend Dollar Belohnung für den, der O'Hara erwischt.«

Angelo machte sich auf den Weg, und Tony Perelli traf seine Vorbereitungen. Er hatte schon öfters solche Krisen erlebt. Im Fall Vinsetti war es ähnlich gewesen, und die günstige Gelegenheit hatte sich ganz unerwartet geboten. Minn Lee hatte die ganze Zeit davon gewußt, das ging ihm jetzt wieder durch den Kopf. Doch sie würde nichts verraten, seltsamerweise war er davon fest überzeugt. Trotzdem, sie würde ihn verlassen müssen, und es war ihm sogar lieb, daß sie ihm durch ihr Verhalten einen Grund gegeben hatte. Das erleichterte die Trennung.

Bis auf eine Stehlampe schaltete er alle Lampen in dem Zimmer aus. Dann nahm er eine Pistole aus einer Schublade, zog das Magazin heraus und überzeugte sich, daß es gefüllt war. Er schob es wieder in den Griff der Waffe, lud durch und legte die Pistole unter seinen Hut, den er auf das Klavier geworfen hatte.

Als Angelo mit der Meldung zurückkam, daß Tonys Befehle ausgeführt wurden, traf Tony weitere Vorkehrungen. Vor allem mußte er wegen Mary zu einer Entscheidung kommen. Während er noch über sie nachdachte, kam sie ziemlich schlechter Laune ins Zimmer.

»Alles geht nach Hause – das ist mir ein netter Abend!«

»Sie müssen das verstehen, Mary; die Leute haben noch zu tun! Und wenn die andern auch gehen, so können Sie doch hierbleiben!«

Er war nicht in der Stimmung, sich auf lange Diskussionen mit ihr einzulassen, und sie erschrak über seinen herrischen Ton. Rasch erhob sie sich von der Couch, auf der sie sich malerisch niedergelassen hatte. »Ist denn etwas passiert?«

»Ja – etwas Entsetzliches. Jimmy, dieser nette Kerl, ist erschossen worden!«

»Jimmy McGrath?« rief sie und fuhr zusammen. »Er ist doch gemeinsam mit Con fortgegangen! Was ist los? Sagen Sie es mir!«

»Tom Feeneys Leute haben es getan.«

Ihre Knie zitterten, obwohl das wirklich nicht der erste Mord war, der in ihrer näheren Umgebung passierte.

»Was ist mit Con!« rief sie schrill. »So antworten Sie doch!«

»Es ist ja alles in Ordnung, Con ist nichts passiert.«

»Wo ist er? Lassen Sie mich gehen!«

Sie sprang auf, aber er hielt sie fest. Unter keinen Umständen durfte sie jetzt mit Con O'Hara zusammenkommen. Wenn sie schwatzte, konnte es schlimm ausgehen.

»Sie möchten wohl, daß er gleich wieder hier aufkreuzt?« fragte er wütend. »Vor einer Stunde dachten Sie noch anders darüber. Er wird wahrscheinlich die ganze Nacht wegbleiben, denn die Polizei ist hinter ihm her. Er steht im Verdacht, Jimmy erschossen zu haben.«

Er war stolz auf diese Ausrede, die ihm gerade im richtigen Moment eingefallen war.

»Ich gehe nach Hause und warte dort auf ihn«, erklärte sie.

»Sie haben hier doch alles, was Sie brauchen. Wozu wollen Sie also heimgehen? Es ist bestimmt viel besser, wenn Sie hierbleiben. Dort haben Sie doch nur die ganze Nacht die Polizei auf dem Hals. Also – Sie bleiben.«

»Das fällt mir gar nicht ein!«

Sie versuchte vergeblich, davonzulaufen. Tony Perelli war stärker als sie. Er nahm ihr Gesicht zwischen die Hände und küßte sie . . .

»Con wird dich erschießen«, stöhnte sie.

»Bleibst du jetzt bei mir?«

Statt einer Antwort schmiegte sie sich an ihn.

21

Später führte sie Tony höflich bis vor eine Tür im ersten Stock.

»Dies ist dein Zimmer – ich habe es für dich ausgesucht. Con ist mit dem Zug nach Indiana gefahren«, versuchte er sie zu trösten. »Er kommt vor morgen früh nicht zurück.«

»Wird ihm auch nichts passieren?«

»Bestimmt nicht.«

Er ging noch eine Weile auf dem Gang hin und her, als sie in ihrem Zimmer verschwunden war. Die Tür wurde von innen verschlossen, und er lächelte. Auch jetzt noch versuchte sie, die anständige Dame zu spielen.

Angelo erwartete ihn schon mit zwei Leuten. Als Tony zurückkam, stand eine große rote Couch auf dem Teppich. Vor der Couch lag eine Brücke in derselben Farbe.

Tony mußte plötzlich an Vinsetti denken. Er sprach auch mit Angelo darüber, der allein bei ihm blieb, nachdem die Vorbereitungen getroffen waren.

»Romano wird Con unter allen Umständen erledigen«, sagte Angelo.

»Ist der Alarm eingeschaltet?«

Angelo sah zu dem kleinen Schalter hinüber und nickte. »Alles in Ordnung, aber ich glaube nicht, daß O'Hara hierherkommt. Wer hat es ihm eigentlich gesteckt?« Er stand an der Tür und horchte auf die Geräusche des Aufzugs.

»Jimmy.«

Angelo war aufs höchste überrascht.

»Was? Aber Jimmy hatte doch keine Ahnung, daß er in den Tod geschickt werden sollte. Sonst wäre er doch niemals gegangen!«

»Er wußte es.«

Die Spannung wurde allmählich unerträglich, und die beiden schauten bei jedem leisen Geräusch zur Tür.

»Das ist ja nicht zu glauben! Aber wer sollte ihm denn das verraten haben?«

»Minn Lee«, erwiderte Tony schroff. »Sie nahm ihn mit in ihr Zimmer, während wir alle hier waren.« Seine Stimme zitterte. »Verstehst du das? – Aber dafür wird sie mir noch büßen!«

Das schwache Lächeln, das um Angelo Veronas Mund spielte, war schwer zu deuten.

»Es wird besser sein, du hütest dich ein wenig vor ihr. Sie weiß sehr viel ...«

In diesem Augenblick summte eine elektrische Klingel; es war das Signal, daß man Con O'Hara gesehen hatte.

Angelo zog erstaunt die Augenbrauen in die Höhe.

»Donnerwetter, hätte nicht gedacht, daß er herkommt! Ich nehme an, sie werden ihn gleich unten erledigen.«

»Ich will keinen Skandal hier haben«, erklärte Tony scharf.

Wieder ein Warnungssignal; Con O'Hara war jetzt im Haus. Perelli machte eine Handbewegung.

»Geh hinaus«, flüsterte er. »Wenn ich ihn verfehlen sollte, schieß du auf ihn. Verhalte dich ruhig!«

Angelo verließ den Raum. Tony stand an das Klavier gelehnt und wartete. Langsam öffnete sich die Tür, eine Hand mit einem Revolver schob sich durch den Spalt. Die Mündung zeigte auf ihn. Mit einem entschlossenen Ruck wurde die Tür aufgestoßen, und Con O'Hara kam furchtlos herein. Er hatte den Hut ins Genick geschoben, sein Gesicht war von äußerster Entschlossenheit.

Tony hatte nachlässig seinen Hut in die Hand genommen, als wäre er gerade im Begriff, fortzugehen.

»Hallo, Con«, sagte er in freundlichstem Ton. »Sind Sie schon wieder zurück? Die Gesellschaft hat sich schon in alle Winde zerstreut. Ich möchte noch einen kleinen Spaziergang machen – kommen Sie mit?«

Ohne Zögern ging Con O'Hara bis zu der roten Couch.

»Einer von uns beiden wird nicht weit gehen«, sagte er verbissen. Eine fast hemmungslose Wut hatte ihn gepackt; nur eines hielt ihn noch zurück: das unweigerliche Mißtrauen, das jeder Verbrecher Geschichten entgegensetzt, die ihm von seinesgleichen erzählt werden. Aber Jimmy mußte die Wahrheit gesprochen haben – er war gestorben, um sie zu beweisen.

Tony lächelte.

»Haben Sie sich auf dem Weg hierher einen genehmigt? Oder ist sonst etwas mit Ihnen los? Hat Jimmy dem Captain meinen Brief übergeben?«

O'Hara atmete schwer; er hatte Mühe, die Herrschaft über seine Stimme zu behalten.

»Tot ist er, wenn Sie das meinen! Ich habe ihm zuerst nicht geglaubt – aber er sagte, daß Sie uns ans Messer liefern wollten. Ich habe genau beobachtet, was geschah – ein Auto fuhr vorbei, und sie haben ihn mit einem Maschinengewehr umgelegt . . ., dann warteten sie noch eine Weile. Sie sahen sich nach noch jemand um – nämlich nach mir!«

Bestürzung spiegelte sich in Perellis Gesicht.

»Ich verstehe Sie nicht – was meinen Sie denn damit, Con? Sie glauben doch nicht etwa, daß ich, Antonio Perelli, Sie in den Tod . . .«

»Allerdings, das glaube ich«, entgegnete O'Hara grimmig.

»Sie sind verrückt – meinen besten Mann und meinen besten Freund!«

»Wo ist meine Frau?«

»Sie ist nach Hause gegangen.« Tony wischte ein Stäubchen von seiner Schulter.

»Nach Hause gegangen? – Sie ist hier!«

»Wirklich, Sie benehmen sich wie ein Idiot. Seien Sie doch vernünftig, Con. Würde ich vielleicht ausgehen, wenn Ihre Frau hier wäre?«

»Sie gehen nicht aus!« zischte O'Hara. »Her mit Ihrem Hut!«

Mit der Linken riß er Tony den Hut aus der Hand, doch im gleichen Augenblick drückte Perelli die Pistole ab, die er darunter verborgen gehalten hatte. Es gab keinen lauten Knall, der Schalldämpfer funktionierte ausgezeichnet, und außerhalb des Raumes hatte man wahrscheinlich gar nichts gehört. Cons Revolver fiel zu Boden – er griff sich mit beiden Händen an die Seite und drehte sich einmal um sich selbst. Perelli feuerte ein zweites Mal, und dieses Mal traf er ihn tödlich. Mit einem Stoß schleuderte er den schwankenden Mann auf die Couch, wo er regungslos liegenblieb.

22

Perelli spielte Klavier, und Mary ging hinunter, um ihm zuzuhören. Die große rote Couch war inzwischen wieder weggebracht worden, und sie hatte keine Ahnung, daß die Leiche ihres Mannes im anstoßenden Zimmer lag.

Nach einer angeregten Unterhaltung mit Tony sagte sie gute Nacht. Ihr Schlaf war sehr unruhig, und gegen Morgen lief sie nach Hause, um nachzusehen, ob ihr Mann nicht inzwischen zurückgekommen sei. Aufgeregt und nervös erschien sie wieder in Perellis Wohnung.

Angelo Verona saß in Hemdsärmeln am Eßtisch im Salon und war damit beschäftigt, Löhne abzurechnen, die am nächsten Vormittag ausgezahlt werden sollten. Drei Haufen Banknoten lagen vor ihm, und er sortierte sie gerade durch, als sie ankam.

Sie konnte Angelo gut leiden. Er war nahe daran, eine bedeutende Stellung in der Unterwelt von Chicago einzunehmen. Eines Tages würde er der Chef einer großen Organisation sein, wenn ihn nicht vorher einer von Tom Feeneys Freunden niederknallte.

»Noch nichts von Con gehört?« fragte Mary ängstlich.

»Ich glaube, er ist mit dem Zug weggefahren«, erwiderte Angelo, ohne aufzuschauen. »Er sprach gestern abend davon, daß er nach Detroit fahren wollte. Möchte bloß wissen, warum die Jungens alle nach Detroit gehen.«

»Wenn ich nur wenigstens eine Nachricht von ihm hätte!«

Angelo legte seinen Bleistift weg. Es hatte keinen Sinn zu arbeiten, solange dieses geschwätzige Frauenzimmer hier war.

»Was wollen Sie denn, Mrs. O'Hara? In unserem Geschäft muß man beweglich sein. Die Leute sind manchmal wochenlang verreist. Sie wissen doch, daß wir keinen Kaugummi verkaufen.«

Aber sie war nicht so leicht zu beruhigen.

»Steht nichts Neues in der Zeitung?«

Angelo fuhr sich mit der Hand durch das Haar und sah sie ärgerlich an.

»Über Jimmy können Sie eine ganze Menge lesen.«

Er selbst bedauerte es sehr, daß der junge Mann hatte dran glauben müssen. Jimmy war ein netter Kerl gewesen, der niemals seine Kameraden bei der Polizei verpfiffen hätte. Aber Angelo hielt es für klüger, zu schweigen.

»Ja, der arme Junge. Ich habe schon alles gelesen. Weil Con mit ihm weggegangen ist, bin ich so in Sorge. Sie verstehen das doch, Angelo, nicht wahr?«

Er nickte.

»Irgend etwas stimmt da nicht«, erklärte sie hartnäckig.

Angelo begann nervös zu werden.

»Also, hören Sie zu, Mrs. O'Hara. Ich muß Ihnen etwas anvertrauen. Con ist heute nacht zurückgekommen.«

Sie stand erregt auf.

»Was – er ist hier gewesen? Hat er nach mir gefragt?« rief sie atemlos. »War er zu Hause?«

»Nein.« Angelo konnte für gewöhnlich geschickte Ausreden erfinden, aber hier schien es Komplikationen zu geben.

»Ich sagte ihm, daß Sie bei Minn Lee schliefen und daß Tony ausgegangen sei.«

»Wollte er denn nicht heraufkommen?« fragte sie ängstlich.

Er lächelte.

»Nein. Das hätte ich auch nicht zugelassen.«

Sie atmete auf und schaute ihn dankbar an.

»Das war sehr nett von Ihnen – ich weiß nicht, was er getan hätte, wenn . . .«

»Jemand hätte wahrscheinlich ins Gras beißen müssen«, erwiderte Angelo trocken.

»Hat er denn gar keine Nachricht für mich hinterlassen?«

Er erinnerte sich an gewisse Anweisungen, die er am Morgen erhalten hatte.

»Ihr Mann läßt Ihnen bestellen, daß Sie bei Minn Lee bleiben sollen, bis Sie wieder von ihm hören.«

Sie wußte nicht recht, ob sie ihm glauben sollte oder nicht.

»Aber er hat doch kein Geld!«

»Ich habe ihm welches gegeben. Tony war wütend, als er davon erfuhr.«

Er legte seine Hand unter ihr Kinn und hob ihr Gesicht hoch.

»Wie gefällt's Ihnen hier?«

Diese Frage lenkte sie ab, und sie dachte an die Stellung, die sie vielleicht bald in diesem Haus einnehmen würde.

»Finger weg«, sagte sie und stieß ihn zurück. »Wo ist Mr. Perelli?«

»Sie meinen Tony«, erwiderte Angelo lächelnd. »Er ist jetzt gerade im Polizeipräsidium – zusammen mit seinem Rechtsanwalt. Ich glaube, Sie werden es hier sehr schön haben, Mary. Vergessen Sie nicht, daß Sie sich bald jeden Wunsch erfüllen können – ah, guten Morgen, Minn Lee.«

Die Chinesin sah strahlend und frisch aus wie eine Frau, die noch nie gewußt hat, was Sorgen sind. Sie nickte freundlich und setzte sich an einen kleinen Tisch; mit einem langen Dolch schnitt sie die Seiten eines französischen Romans auf, den sie mitgebracht hatte.

Mary sah sie einen Augenblick verwirrt an.

»Ach, Mrs. Perelli – ich habe Sie heute morgen ja noch gar nicht gesehen. Hoffentlich hat es Ihnen nichts ausgemacht, daß ich hier geschlafen habe – es war mir so unangenehm, aber mein Mann ist doch nicht zurückgekommen.«

»Minn Lee, müssen Sie ausgerechnet diesen Dolch benutzen? Er ist unheimlich scharf«, warnte Angelo.

»Tony hat gestern abend den Brieföffner zerbrochen.« Sie fuhr prüfend mit dem Daumen über die Klinge. »Glauben Sie, ich würde jemand damit erstechen?«

Mary ließ sich nicht von ihrem Thema abbringen.

»Ich bin so beunruhigt wegen Con – er hätte doch wenigstens aus Detroit anrufen können!«

»Tony weiß ganz bestimmt, wo er sich aufhält«, sagte Minn Lee. »Warum haben Sie ihn nicht gefragt?«

Mary zuckte die Schultern und warf den Kopf zurück.

»Ich möchte Mr. Perelli nicht dauernd belästigen – er hat so viel zu tun ... Warum lachen Sie denn, Mrs. Perelli?«

»Ich lache durchaus nicht, ich fühle mich heute nur so glücklich – Sie auch?«

Angelo hörte interessiert zu und beobachtete Minn Lee scharf; ihr Blick war weder spöttisch noch boshaft, und auch ihre Stimme klang ganz normal. Mary sah sie verblüfft an.

»Glücklich? Haben Sie denn kein Herz? Denken Sie doch daran, daß der arme Jimmy erschossen wurde!«

Minn Lee lachte leise, nahm ihr Buch und ging auf den Balkon. Gleich darauf kam sie aber wieder zurück.

»Ich habe noch vergessen, Ihnen zu sagen, daß Tony in allem, was Geld betrifft, sehr großzügig ist. Stellen Sie sich vor, er hat zweihundert seidene Hemden!«

Das machte Eindruck auf Mary.

»Ich mag es sehr, wenn sich ein Mann gut anzieht.«

Die Haustür wurde zugeschlagen, und kurze Zeit später trat Tony ein. Er warf Mantel und Hut einem seiner wartenden Angestellten zu.

»Ah, Mr. Perelli«, sagte Mary, »da sind Sie ja.«

Er kümmerte sich nicht um sie, ging schnell auf den Balkon und schaute hinunter. Dann kam er zurück und ließ sich in einen Sessel fallen.

»Bist du müde?« fragte Minn Lee.

»Ich habe einen verdammt anstrengenden Tag hinter mir. Seit heute morgen um neun war ich im Polizeipräsidium.«

»Du hast dich wohl gut mit Mr. Kelly unterhalten?« bemerkte Angelo.

»Ich werde dir nachher schon erzählen, wie sich die Unterhaltung abgespielt hat. Verbinde mich sofort mit Oberrichter Raminski. Ich will diesem Polypen mal die Hölle heiß machen!«

Mary sah ihn verblüfft an. Oberrichter Raminski nahm eine hohe gesellschaftliche Stellung ein und gehörte zu den einflußreichsten Persönlichkeiten in Chicago.

»Ich bin völlig erledigt«, sagte Tony. »Sie haben mich durch halb Chicago gefahren, bis ich fast verrückt wurde. Von der Polizei zum Rathaus, vom Rathaus zur Polizei, dann zum Leichenschauhaus und schließlich zu der Stelle, wo Jimmy gefunden wurde.«

Angelo hatte inzwischen gewählt und reichte seinem Chef den Hörer.

»Ist dort Oberrichter Raminski ...? Hier Perelli – Antonio Perelli. Zum Teufel, sagen Sie mal, was soll das bedeuten, daß Kelly mich durch die ganze Stadt schleifen darf?« rief Tony wütend. »Sie sind doch schließlich sein Vorgesetzter ... Zwei Stadtbezirke habe ich bei der Wahl für Sie mobil gemacht, das scheinen Sie ganz vergessen zu haben, was ...? Und daß ich fünfzigtausend Dollar für Ihren

Wahlfonds gespendet habe, ist Ihnen auch nicht mehr bekannt...? Wie...? Also hören Sie – ich muß ganz entschieden bitten, daß bei der Polizei einmal aufgeräumt wird. Sie wollen doch Senator werden – also, sorgen Sie dafür, daß man Kelly hinauswirft! Das ist mein letztes Wort!«

Er warf den Hörer auf die Gabel. »Den Burschen soll es noch reuen, daß er so mit mir umgesprungen ist!«

Erst allmählich erkannte Mary, wieviel Macht Perelli besaß. Nur er konnte es wagen, so mit einem Richter zu sprechen, der über Leben und Tod zu entscheiden hatte!

»Gib mir was zu trinken, Angelo – Chianti oder was du gerade findest.«

Minn Lee kam Angelo zuvor und ging aus dem Zimmer.

»Warst du in Cicero?« fragte Tony.

Angelo nickte.

»In der ›Skyline-Bar‹ ist überhaupt nichts passiert – Kelly hat die ganze Geschichte erfunden.«

Mary mischte sich ins Gespräch und machte einige abfällige Bemerkungen über Leute, die in zweifelhaften Nachtlokalen arbeiten. Als Minn Lee mit dem Wein zurückkam, wandte sich Mary an sie.

»Es muß doch furchtbar sein, als Animiermädchen in einem solchen Lokal zu arbeiten, Mrs. Perelli.«

»Von was reden Sie denn?« fragte Minn Lee.

»Ich meine diese Lokale in Cicero...«

»Ach, lassen Sie doch!« sagte Tony barsch. »Vielleicht gefällt den Mädchen dort ihr Beruf sogar!« Er sah Minn Lee mit einem ermutigenden Lächeln an. »Die Geschäftsführerin eines solchen Lokals hat das beste Leben – eine schöne Wohnung steht ihr zur Verfügung, und sie kann sich Freunde einladen, soviel sie will.«

Minn Lee schien ihm gar nicht zuzuhören.

»Hast du Jimmy noch einmal gesehen?« fragte sie so leise, daß es Mary nicht hören konnte.

Er wurde blaß – trotz seiner Abgebrühtheit wagte er es nicht, sie anzusehen. »Er sah ganz zufrieden aus«, flüsterte er schließlich ebenso leise mit abgewandtem Gesicht zurück. »Man hatte fast den Eindruck, daß er lächelte . . .«

»Ich dachte es mir«, erwiderte Minn Lee. »Hast du noch etwas darüber gehört, wie er starb?«

»Er lebte nur noch einige Sekunden, nachdem die Polizisten ihn gefunden hatten.«

»Der arme Junge«, warf Mary, die die letzten Sätze gehört hatte, in konventionellem Ton ein.

»Warum sagen Sie ›armer Junge‹?«

Minn Lee, die zur Tür gegangen war, blieb stehen und sah Mary mit einem so merkwürdigen Leuchten in ihrem Blick an, daß sie kein Wort mehr sprach.

Auch Tony war wieder nachdenklich geworden. Wie würde das Leben ohne Minn Lee sein? Konnte er es wirklich ertragen, daß eine Frau, die ihm so viel bedeutet hatte, einfach vor die Hunde ging – und daß er selbst es so wollte? Er rühmte sich zwar, ein guter Geschäftsmann zu sein, und er hatte niemals gezögert, das Glück anderer Menschen zu opfern, wenn es sich um die Durchführung seiner Pläne handelte, aber in diesem Fall fühlte er Gewissensbisse.

An und für sich schien alles so leicht zu gehen – alle Entschuldigungen, die er brauchte, hatte sie selbst ihm geliefert. Und trotzdem wurde er ein unbehagliches Gefühl nicht los – ein Gefühl, wie er es noch nie empfunden hatte.

Er sah auf die schöne Frau, die Minn Lees Nachfolgerin werden sollte. Wenigstens war Mary nicht so kompliziert; er setzte sich neben sie und legte ihr den Arm um die Schultern.

»Ich habe dich den ganzen Tag noch nicht richtig gesehen, Liebling«, sagte er.

Sie sah ihn mit einem koketten Blick von der Seite her an. »Liebst du mich auch noch?«

Er zog sie an sich und küßte sie; plötzlich sprang sie auf.

»Wenn Con zurückkommt, werde ich ihm alles sagen«, erklärte sie. »Ich halte es nicht für richtig, einen Mann zu hintergehen. Vor dem Krach, den er schlagen wird, graust mir allerdings – du wirst mir helfen müssen! – Was willst du übrigens mit ihr machen?« fragte sie und sah auf die Tür, hinter der Minn Lee verschwunden war. »Das muß doch auch in Ordnung gebracht werden.«

Das war durchaus auch seine Meinung, aber es war eben nicht so leicht in Ordnung zu bringen, wie er gedacht hatte. Nervös zuckte er die Schultern.

»Ich bin mit ihr fertig. Sie liebt mich nicht mehr – hat mich sogar betrogen!« setzte er leise hinzu.

»Da sieht man wieder einmal, wie unzuverlässig diese Asiaten sind«, erwiderte Mary entrüstet. »Aber du mußt ihr trotz allem eine anständige Abfindung geben.«

Tony schaute sie lächelnd an.

»Ich freue mich, daß du so denkst.«

»Ja, ich war schon immer dafür, daß alle Leute anständig behandelt werden.«

Sie sprach noch mehr von ihrer großzügigen Art, um sich bei Tony ins rechte Licht zu setzen, aber er hörte kaum zu. Mit seinen Gedanken war er schon wieder bei Kelly.

»Ich werde Sie demnächst besuchen, um Ihre neue Frau zu begrüßen«, hatte dieser Mann mit brutaler Offenheit gesagt.

Tony sprach mit Mary darüber und warnte sie.

»Er wird wahrscheinlich von Jimmy sprechen und auch nach Con fragen. Aber laß dich nur nicht von ihm einschüchtern. Er hat nämlich eine gewisse Art, die Leute so weit zu bringen, daß sie wütend werden, und dann reden sie gewöhnlich.«

»Plötzlich stand Angelo in der offenen Tür und winkte ihm.

»Tom Feeney ist da – willst du mit ihm sprechen?«

Tony schaute ihn ungläubig an.

»Tom Feeney? Hat er seine Leute dabei?«

Angelo Verona lachte. »Er ist allein gekommen. Wahrscheinlich warten sie draußen.«

Tony war sprachlos. Shaun O'Donnell wäre niemals so unvorsichtig gewesen.

»Was will er denn?« fragte er, aber plötzlich fiel ihm etwas ein, was er mit Angelo seit einigen Tagen besprechen wollte. Er schickte Mary mit einer Entschuldigung in den kleinen Salon.

»Angelo, ich habe erfahren, daß du eine Million Dollar nach Europa geschickt hast.«

Angelo nickte. Er hatte es erwartet, daß Tony hinter seine Schliche kommen würde. Das Geld gehörte zwar ihm, aber Tony wollte nicht erlauben, daß er es auf eine europäische Bank einzahlte. Er hatte sich Zeit gelassen und die Überweisung so vorsichtig wie möglich vorgenommen, aber Tonys Spitzel waren überall; wahrscheinlich hatte er es von einem Bankangestellten erfahren. Aber darauf kam es jetzt nicht an.

»Sicher«, erwiderte er. »Meine alte Mutter und meine Schwester sollen auch mal in besseren Verhältnissen leben.«

»Ich habe auch erfahren, daß du einen Platz auf einem kanadischen Schiff belegt hast?«

Tony sprach freundlich und liebenswürdig, aber seiner Stimme fehlte eine gewisse Sicherheit. Angelo wußte sofort, daß sein Chef nur eine Vermutung ausgesprochen hatte.

»Das ist nicht wahr«, erklärte er.

Es war unmöglich, daß Tony oder einer seiner Leute entdeckt haben konnten, daß er eine Kabine durch ein Londoner Reisebüro hatte belegen lassen.

Tony Perelli biß sich auf die Unterlippe und studierte aufmerksam das Teppichmuster. Dann wechselte er plötzlich das Thema. Das war ein schlechtes Zeichen. »Besetze alle Ausgänge, falls etwas passiert. Irgendwann kommt die Auseinandersetzung mit Feeney doch. Laß ihn herein.«

Als er allein war, nahm er einen Browning und steckte ihn in die Jackettasche. Dann ging er mit den Händen auf dem Rücken auf und ab. Tom trat ein; er begrüßte ihn freundlich.

»Wie geht's Ihnen, Tom?«

Feeney sah sich vorsichtig um.

»Ausgezeichnet«, sagte er dann.

Sie schauten einander mißtrauisch an.

»Hol das Buch«, befahl Tony feierlich.

Angelo öffnete eine Schublade und nahm eine große Bibel heraus, die er auf den Tisch legte und aufschlug. Dann zog Tony eine Pistole aus der Hüfttasche und legte sie auf das offene Buch. »So, da ist mein Schießeisen.«

Feeney zögerte etwas, zog aber dann auch eine Pistole heraus und legte sie dazu. Aber dann nahm er sie wieder weg, weil er sich daran erinnerte, daß er es mit einem Sizilianer zu tun hatte, der mit allen Wassern gewaschen war.

»Einen Moment, Tony – ist das eine italienische oder eine irische Bibel?«

»Sie ist hundertprozentig amerikanisch«, erklärte Tony salbungsvoll.

Feeney schaute auf das reich ornamentierte Titelblatt.

»Das letztemal bin ich bemogelt worden. Der Lump hatte die Zehn Gebote herausgeschnitten.«

»Keine Sorge, hier ist noch alles drin«, entgegnete Perelli. »In einem Antiquariat haben sie mir hundert Dollar für das Buch abgeknöpft.« Brummend gab sich Feeney zufrieden und legte seine Pistole wieder auf den Tisch.

Dann wartete er, bis Angelo hinausging; er hatte Shaun O'Donnells Warnung nicht vergessen: »Behalte Tony Perelli gut im Auge – aber Angelo Verona gegenüber mußt du doppelt vorsichtig sein.«

Um das Zimmer besser überschauen zu können, lehnte er mit dem Rücken an der Wand, von wo er auch die Tür beobachten konnte.

»Tony, Sie haben gestern abend Ihr Versprechen nicht gehalten.« Unentwegt schaute er auf die Tür und nicht auf seinen Gesprächspartner. »Sie haben nur einen geschickt.«

Perelli schüttelte den Kopf.

»Irrtum. Es tut mir selber leid – aber Con O'Hara hat Lunte gerochen und hat sich gedrückt.«

Tony hatte den Eindruck, daß Feeney nur deswegen gekommen war, weil ihn seine Schwester dazu gezwungen hatte.

»Man sagt, daß Sie Con O'Hara einen Wink gegeben haben . . .«

»Kann mir schon denken, was für ein Blödsinn wieder geredet wird«, unterbrach ihn Tony verächtlich. »Aber sagen Sie selbst, welchen Zweck sollte es denn haben, ihn erst hinzuschicken und ihm nachher einen Tip zu geben?«

Tom schaute sich unablässig im Zimmer um, als ob er eine verborgene Gefahr fürchtete.

»Es ist wirklich niemand hier«, versicherte Tony.

»Das hat Vinsetti wahrscheinlich auch gedacht – und wurde doch tot hinausgetragen, obwohl er ein besserer Pistolenschütze war als ich.«

»Die Geschichte ist doch wirklich abgedroschen, wer denkt schon noch daran? Sie sind zu ängstlich, Tom. Ich habe ja nicht einmal ein Schießeisen.«

Feeney gab sich einen Ruck.

»Schon gut. Ich will Ihnen glauben. Entweder soll man jemandem trauen oder nicht.« Er nahm sich einen Stuhl und setzte sich seinem Rivalen gegenüber.

»Ich würde Sie überhaupt nicht belästigen, Tony, aber meine Schwester läßt mir keine Ruhe. Sie hat es sich nun einmal in den Kopf gesetzt, daß der Mord an ihrem Mann gerächt wird.«

»Das verstehe ich durchaus.«

»Was ist mit Con O'Hara? Seien Sie doch einmal offen.«

Tony antwortete nicht sofort. Er betrachtete aufmerksam den vierschrötigen Mann, der vor ihm saß, und wunderte sich im stillen, durch welche merkwürdigen Umstände Tom Feeney der Chef einer solch mächtigen Organisation geworden war. Schließlich waren die Mitglieder seiner Bande nicht lauter Dummköpfe.

»Machen Sie sich keine Sorgen mehr um O'Hara«, meinte er schließlich. »Der ist bereits erledigt.«

Feeney schaute ihn erstaunt an.

»Das ist was anderes«, sagte er dann.

»Ich mag Leute nicht, die sich zu viel herausnehmen.«

»Wohin haben Sie ihn bringen lassen?«

»Hören Sie mal, Tom, kümmere ich mich vielleicht um Ihre Angelegenheiten? Können Sie nicht tun und lassen, was Ihnen beliebt?«

Tom hob abwehrend die Hand.

»Ist ja gut, Tony. Ich wollte Sie nicht beleidigen und weiß, daß ich mich auf Sie verlassen kann.«

Die Alarmglocke summte, und im Bruchteil einer Sekunde war Feeney auf den Füßen und hielt einen Revolver in der Hand. Tony wußte nicht, woher die Waffe plötzlich kam. Aber es war ihm nun klar, weshalb Tom Feeney der Führer einer Bande war.

»Zum Teufel, was hat das zu bedeuten?« rief Tom. »Nehmen Sie sofort die Hände hoch!«

Tony seufzte.

»Aber Tom, weshalb diese Aufregung?«

»Was bedeutet dieses Summen?«

»Wahrscheinlich kommt Mr. Kelly. Der Portier hat mir ein Signal gegeben. Weiter nichts.«

»Wozu kommt Kelly denn hierher?«

Tony stöhnte.

»Ich nehme an, daß er Mrs. O'Hara ausfragen will.«

Feeney steckte den Revolver in die Tasche.

»Entschuldigen Sie . . .«, begann er.

»Sie trauen mir nicht, Tom. Das tut mir aufrichtig leid«, erklärte Tony betrübt.

Wieder hörte man das Summen.

»Ich möchte Kelly nicht begegnen«, sagte Tom.

»Glauben Sie vielleicht, der wüßte nicht, daß Sie da sind? Aber gehen Sie hier in den Salon. Unterhalten Sie Mrs. O'Hara ein bißchen.«

Er öffnete die Tür.

»Sie können sich nicht vorstellen, Tom, wie Sie mich eben verletzt haben.«

Tom verließ kleinlaut das Zimmer.

23

Kommissar Kelly verlor im allgemeinen nicht so schnell die Fassung. Die Lage der Polizei in Chicago war alles andere als beneidenswert. Sie mußte gegen Verbrecherbanden kämpfen, die ausgezeichnet organisiert waren und Freunde in den exklusivsten Kreisen hatten. Sie finanzierten den Wahlkampf von Politikern und konnten die ganze Stadtverwaltung nach ihrer Pfeife tanzen lassen. Außerdem wurde ihre Tätigkeit von allen Bürgern gebilligt, die sich heimlich Alkohol kauften.

Auf wen konnte er sich stützen? Auf eine Polizeitruppe, die durch und durch korrupt war? Auf die hohen Beamten, die bei Perelli und anderen Bandenführern Anleihen machten?

»Die Sache ist völlig hoffnungslos«, sagte er zu seinem Assistenten, bevor er das Büro verließ. »Eben hat Oberrichter Raminski angerufen und mir Verhaltungsmaßregeln gegenüber Tony Perelli gegeben. Ich muß mich danach richten oder gleich mein Entlassungsgesuch einreichen. Aber mein Entschluß ist gefaßt«, sagte er grimmig. »Ich gehe lieber! Soll ein anderer sich die Zähne an diesem Posten ausbeißen – oder sich bestechen lassen. Was mich betrifft, so hat Perelli sein Spiel gewonnen.«

Er wollte gerade das Polizeipräsidium verlassen, als ihm ein Beamter nachlief. Er ging zurück und notierte sich etwas. Dann stieg er in ein Polizeiauto und fuhr zu Perelli. Harrigan begleitete ihn, blieb aber vorläufig unten.

Als Kelly eintrat, bemerkte er die beiden Stühle in der Mitte und wußte gleich, daß hier eine typische Konferenz zwischen zwei Bandenführern abgehalten worden war. Die offene Bibel bestätigte seine Vermutung. Von Feeney war allerdings keine Spur zu entdecken. Er betrachtete das Buch, blätterte ein wenig darin und wandte sich dann an Perelli.

»Hoffentlich habe ich hier keine Familienandacht gestört«, meinte er ironisch.

Tony lächelte. »Nein, wir sind bereits fertig«, entgegnete er mit betonter Höflichkeit.

»Unten habe ich Ihre Leute und Toms Leibwache gesehen; Sergeant Harrigan habe ich den Auftrag gegeben, jeden zu verhaften, der im Besitz einer Waffe ist, ohne einen Waffenschein zu haben.«

Er schob die Bibel zurück und stützte sich auf den Tisch, während Tony die Stühle wieder an ihren Platz stellte. Angelo sah heute in einem neuen Anzug besonders gut aus. Hemd, Krawatte und Schuhe konnte man nur als geschmackvoll bezeichnen.

»Direkt elegant sind Sie, Angelo. Könnten Sie mir nicht Ihren Schneider verraten?« sagte Kelly.

Angelo nickte.

»Wenn Sie unbedingt wollen, gern. Im übrigen mag ich es gar nicht, wenn Sie so zufrieden ausschauen – das bedeutet nichts Gutes für irgend jemand.«

Kelly strahlte.

»Haben Sie sich das schon gemerkt? – Wo ist denn die schöne Dame?«

»Im Salon«, entgegnete Tony, der genau wußte, wer gemeint war.

»Ausgezeichnet. Würden Sie so liebenswürdig sein, Mrs. O'Hara hierher zu bitten?«

Tony fühlte sich ein wenig unbehaglich.

»Sie spricht gerade mit einem Freund von mir . . .«, begann er zu erklären, aber Kelly unterbrach ihn lässig.

»Ich weiß, ich weiß – Mr. Feeney. Mit dem möchte ich auch ein Wörtchen reden.«

»Was wollen Sie denn von ihm?«

»Oh, ich hätte nur gern sein Autogramm gehabt; derartige Raritäten sammle ich.«

Er hörte den Seufzer Angelos und schaute auf.

»Wirklich, Sie beunruhigen mich, wenn Sie so vergnügt sind«, sagte Tonys Adjutant. »Da finde ich es noch angenehmer, wenn Sie jemand beim Verhör scharf aufs Korn nehmen.«

»Nun, das können Sie auch haben!« rief Kelly Angelo nach, der zur Tür ging.

Dann legte der Beamte seinen Hut auf den Tisch, steckte sich eine Zigarre an und betrachtete Tony Perelli ausgesprochen unfreundlich.

»Ich habe Sie doch heute morgen nicht etwa beleidigt, Mr. Perelli? Wäre mir schrecklich, wenn ich Ihr empfindsames Gemüt verletzt hätte. Vielleicht haben Sie erwartet, daß ich einen Blumenstrauß mitbringe, aber ich wußte im Moment nicht mehr, welche Blumen Sie bei Ihren Beerdigungen vorziehen.«

»Wie amüsant Sie heute sind!« Tony verzog spöttisch den Mund.

»Die Hauptsache ist, daß Sie sich dabei wohl fühlen. Es

scheint, daß ich in Zukunft viel höflicher mit Ihnen sein muß, Mr. Perelli. Sonst erhalte ich wieder Klagen, wie schlecht es ›meinem lieben Freund Antonio Perelli‹ geht.«

Tony heuchelte Erstaunen.

»Ich verstehe Sie nicht. Wer hat mich denn so genannt?«

»Oberrichter Raminski – das wissen Sie ganz genau. Er hat mich angerufen, weil er glaubte, daß wir Sie nicht richtig behandeln.«

Perelli zuckte die Schultern. Vielleicht war er mit seiner Beschwerde doch etwas zu voreilig gewesen.

»Das nächste Mal, wenn Sie zu uns kommen, werden wir ein paar Kissen für Sie besorgen«, fuhr Kelly fort. »Es wäre mir wirklich sehr unangenehm, wenn die Polizei als unhöflich verschrien würde.«

Er sah sich um, als Mary ins Zimmer trat. Tom Feeney, der sich offensichtlich sehr unbehaglich fühlte, folgte ihr.

»Welche Überraschung!« begrüßte ihn der Kommissar. »Guten Morgen.«

Tom grinste verlegen.

»Guten Tag, Mr. Kelly.«

»Darf ich mir die Frage erlauben, warum Sie plötzlich lebensmüde geworden sind und hierher kommen?«

»Oh, Tony und ich sind jetzt Freunde.«

Kelly lachte schallend.

»Ach so, deshalb hat die ganze Michigan Avenue geflaggt!«

Feeney sah ihn mißtrauisch an und näherte sich langsam der Tür.

»Sie wollen mich doch nicht etwa verhaften?«

»Das möchte ich nur zu gern, aber ich kann es leider noch nicht.« Er klopfte dem Iren auf die Schulter. »Ich fürchte, daß mir jemand anders zuvorkommt; und wenn Sie erst im Schauhaus liegen, sind Sie nicht mehr viel für mich wert. Der arme Shaun ist ja diesen Weg gewandert.«

»Ja«, entgegnete Tom traurig.

»Wirklich ein schwerer Schlag.« Es gelang Kelly vortrefflich, eine Leichenbittermiene aufzusetzen. »Wieder ein Märtyrer mehr für den Alkoholschmuggel. Dafür haben dann Sie den einen Täter über den Haufen geschossen, und Tony den anderen, nicht wahr?«

Mary drehte sich schnell nach Tony um, aber der lächelte sie so unbekümmert an, daß ihr Verdacht für den Augenblick noch einmal beschwichtigt wurde.

»Kümmere dich nicht um Mr. Kelly«, sagte er. »Einer seiner Späße! – Was willst du denn hier?« fragte er Minn Lee, die in diesem Augenblick hereinkam.

Sie antwortete nicht, sondern sah nur neugierig Kelly an.

»Sie haben Jimmy McGrath erledigt und Tony Con O'Hara, stimmt's?« fuhr der Beamte zu Tom gewandt fort.

Mary verfärbte sich.

»Das ist eine gemeine Lüge! Tony würde so etwas nie tun! Mein Mann hält sich gerade in Detroit auf.«

Tony sah sie scharf an, aber es gelang ihm nicht, ihr einen Wink zu geben. Er fügte sich deshalb mit philosophischer Gelassenheit in die Situation – einmal mußte es Mary ja doch erfahren.

»Ich glaube kaum, daß Sie wissen, wo er ist«, sagte Kelly. »Der Mann, der ihn kaltmachte, hat Ihnen einen Bären aufgebunden.«

»Das ist nicht wahr!« schrie sie. »Er ist in Detroit!«

Der Beamte sah sie kalt an und ging langsam auf sie zu.

»Er liegt im Leichenschauhaus in Lake Side!«

Sie wurde totenbleich und sank auf die Couch.

»Während der Nacht wurde er dort ans Ufer gelegt. Man fand ihn, kurz bevor ich mein Büro verließ.«

Angelo und Minn Lee führten die hysterisch schluchzende Mary aus dem Zimmer.

Tom Feeney schnalzte mit den Fingern. Er hatte interessiert zugehört und machte ein zufriedenes Gesicht.

»Das gefällt Ihnen, wie?« fragte Kelly. »Nun, wir werden schon noch sehen – fürs erste können Sie verschwinden.«

»Hören Sie mal, ich weiß nichts von dieser Geschichte«, protestierte Feeney.

»Kann schon stimmen. Dafür wissen Sie aber alles über Jimmy McGrath«, entgegnete Kelly ernst.

»Hab' den Mann niemals getroffen«, jammerte Feeney.

»Niemals getroffen?« Kelly musterte ihn mit einem scharfen Blick. »Natürlich, Sie sind jetzt ein großer Mann und lassen andere Leute die schmutzige Arbeit tun.«

Feeney hielt es für besser, das Thema zu wechseln.

»Darf ich die Gelegenheit gleich benützen und Sie zu meiner Geburtstagsfeier bei Bellini einladen? Es kommen lauter feine Leute – Richter Grichson, Oberrichter Aschen . . .«

»Danke bestens«, entgegnete Kelly kurz. »Ich studiere nicht Recht, ich übe es aus.«

Tom Feeny schnalzte mit den Fingern. Er hatte interfühlen. Er wedelte verlegen mit der Hand, als er zur Tür ging. »Also, auf Wiedersehen . . .«

»Ich würde meine Geburtstagsfeier an Ihrer Stelle nicht bei Bellini abhalten!« rief ihm Kelly noch nach.

Tony und Angelo wechselten einen schnellen Blick.

»Warum denn nicht?« fragte Feeney bestürzt.

»Es gibt doch genug andere schöne Lokale in der Stadt, und wenn Sie meinem Rat folgen, haben Sie wenigstens Aussicht, nächstes Jahr wieder Geburtstag zu feiern.«

Feeney schaute von einem zum anderen, und plötzlich verstand er, was Kelly meinte.

»Ich danke Ihnen, Kommissar.«

»Nicht nötig – ich möchte nur haben, daß Sie einmal ganz rechtmäßig um die Ecke gebracht werden; das heißt durch das Gesetz. Sie haben doch einen große Anteil an Bellinis Restaurant, nicht wahr, Tony?«

Perelli antwortete nicht, und Feeney holte tief Luft.

»Man lernt doch nie aus«, murmelte er und ging.

»So, jetzt hätte ich gerne noch einmal mit Mrs. O'Hara gesprochen«, meinte Kelly.

»Das geht jetzt nicht.« Minn Lee war wieder hereingekommen und hatte die letzten Worte gehört. »Sie hat anscheinend einen Nervenzusammenbruch.«

»Was – und dann läßt du sie allein?« rief Tony heftig. »Man muß sofort einen Arzt holen ...!«

Er stürzte aus dem Zimmer.

»Hat er nicht ein goldenes Herz?« sagte Kelly sarkastisch. »Eigentlich sollte er ein Kinderheim leiten.«

Minn Lee lächelte ihn freundlich an. Kelly überlegte einige Sekunden, ging dann zu der Tür, durch die Tony verschwunden war, öffnete sie und schaute hinaus. Leise schloß er sie dann wieder und kam zu Minn Lee zurück.

»Als die Polizeistreife Jimmy fand, lebte er noch einen Augenblick – das letzte, was er sagte, war Ihr Name ...«

Ihre Augen strahlten, und als er sich zum Gehen wandte, nahm sie seine Hand und drückte sie fest. Ungeschickt klopfte er ihr auf die Schulter, drehte sich dann brüsk um und ging. Bewegungslos blieb sie stehen.

Nach einiger Zeit wurde die Tür aufgestoßen, und Tony führte Mary herein. Minn Lee verließ schnell das Zimmer durch die gegenüberliegende Tür. Mary war so mitgenommen, daß sie kaum laufen konnte. Sanft setzte sie Tony in einen Sessel und sprach tröstend auf sie ein.

»Mein armes, liebes Kind!« sagte er zärtlich. »Hier, trink ein Gläschen Cognac ...« Vorsichtig strich er ihr übers Haar.

»Diese gemeinen Kerle!« seufzte sie unter Tränen. »Sie haben meinen Con ermordet!«

»Er soll ein prachtvolles Begräbnis haben, Mary. Ich werde Tom und seiner Bande einmal zeigen, was eine richtige Leichenfeier ist! Zwanzigtausend Dollar oder mehr soll sie kosten – auf Geld kommt es gar nicht an!«

»Und den gemeinen Kerl, der ihn erschossen hat, mußt du umbringen. Versprichst du mir das?«

»Aber natürlich! Im nächsten Telefonbuch wird man keinen Tom Feeney mehr finden, dafür garantiere ich dir.«

Angelo kam herein, und Tony wandte sich an ihn.

»Arrangiere alles für den armen Con«, befahl er ihm eindringlich. »Er soll das schönste Begräbnis haben, das man in Chicago je gesehen hat. Geld spielt keine Rolle! Kaufe Rosen, Lilien, Orchideen – was dir einfällt ...«

Angelo, der sich Notizen gemacht hatte, sah auf.

»Es würde sich tatsächlich lohnen, wenn wir nächstens eine eigene Gärtnerei aufmachten«, meinte er.

»Auch einen Silbersarg soll er haben«, fuhr Tony begeistert fort. »Bestelle ihn sofort telefonisch in Philadelphia. Aber er muß besser sein als der von Shaun – viel besser, viel kostbarer!«

»Der hatte Engel drauf«, sagte Angelo geschäftsmäßig.

»Besorge einen besseren!«

»Gibt es denn noch etwas Besseres als Engel?« fragte Angelo verwundert.

»Natürlich – Erzengel!« fuhr ihn Tony an. »Also, bestelle den Sarg sofort.«

24

Mary ließ sich nicht beruhigen, und Tony brachte sie schließlich in ihr Zimmer. Angelo stand in der offenen Tür und sah nachdenklich hinter ihnen her.

Es war ihm ganz klar, daß die Zustände hier einer Krise zusteuerten. Der Wechsel von Minn Lee zu Mary würde auch noch andere entscheidende Veränderungen nach sich ziehen.

Lange Zeit stand Angelo, die Hand auf der Türklinke, und

sah den Korridor entlang. Ganz in der Nähe stand in einer Garage ein schwerer Sportwagen. Eine Treppe, von der die Polizei keine Ahnung hatte, führte zu einem Geheimausgang. Alles war gut vorbereitet.

Angelo sah den Tatsachen ins Auge und machte sich keine Illusionen. Er hatte Tony in den vergangenen Jahren sehr gut kennengelernt, und einige untrügbare Anzeichen in seinem Benehmen hatten ihn gewarnt. Er wußte, daß er an der Reihe war und daß er heute abend unter einem Leichentuch liegen würde, wenn er keine Vorsichtsmaßregeln traf. Mit einem Seufzer drehte er sich um und schloß leise die Tür. Im Zimmer stand Minn Lee, die ihre Stickerei hatte holen wollen.

»Entsetzlich, wie Sie sich wegen Con aufführt«, sagte er.

Minn Lee lächelte.

»Wer weiß, vielleicht hat sie ihn doch geliebt.«

Angelo schüttelte den Kopf.

»Ich habe genug von diesen ganzen Weibergeschichten.« Er lachte vor sich hin und ließ sich in einen Sessel fallen. »Wirklich, ein großartiges Leben hier!«

»Wo werden Sie einmal enden, Angelo?«

»Darüber dachte ich gerade auch nach. Es war Aussicht vorhanden, daß ich eines Tages die Leitung dieser ruhmvollen Organisation übernehmen würde – und ich kann Ihnen versichern, daß dann manches anders geworden wäre. Aber jetzt . . .« Er machte eine vielsagende Geste.

Dann stand er auf und ging zu Minn Lee hinüber, die an der Wand lehnte.

»Tony sagte mir etwas von einer neuen Geschäftsführerin, die er für eines seiner schmutzigen Lokale in Cicero braucht.«

»So?« fragte sie gleichgültig.

»Ich hoffe, daß er nicht jemand auswählt, den ich kenne.«

»Er wird schon die richtige Frau dafür finden – ich werde es auf jeden Fall nicht sein.«

»Hoffentlich nicht – um unser aller willen.«

Sie sah ihn erstaunt an.

»Was soll das heißen, Angelo? Was würden Sie denn tun, wenn er . . .?«

»Nichts, was mir später leid täte.« Er setzte sich auf den Klavierstuhl und drehte sich einmal im Kreis herum.

»Ich denke, Sie schätzen Tony sehr.«

Angelo lächelte.

»Teils, teils. Zugegeben, er ist tüchtig – aber jetzt hat er einige Sachen gemacht, die nicht hätten vorkommen dürfen.«

Nur selten hatte er so offen mit ihr gesprochen.

»Sie müssen sehr viel Vertrauen zu mir haben, daß Sie mir das alles sagen. Wenn Tony wüßte, wie Sie denken . . .«

Wieder huschte ein Lächeln über sein Gesicht.

»Er wäre tot, bevor er die Hand an der Pistole hätte.«

In diesem Augenblick trat Tony ins Zimmer und wischte sich den Schweiß von der Stirn. Angelo betrachtete ihn kritisch.

»Wie steht's? Geht es Mutter und Kind gut?« erkundigte er sich.

»Werde nicht zu frech!« fuhr ihn Tony an. Hätten ihn die augenblicklichen Ereignisse nicht so stark in Anspruch genommen, dann wäre ihm die auffallende Veränderung in Angelos Wesen sicher nicht entgangen.

»Was wird sie tun?« fragte Minn Lee.

»Sie bleibt hier«, erwiderte Perelli kurz.

»Hat sie denn keine Freunde?«

»Doch – mich«, knurrte er ärgerlich. Angelo war ihm im Weg, und er wandte sich zu ihm. »Laß mich mal mit Minn Lee allein – und noch eines, Angelo: Um sechs Uhr muß ein Wagen für Minn Lee vor der Haustür stehen.«

Angelo nickte gleichmütig mit dem Kopf und ging hinaus. Tony sah ihm mit zusammengekniffenen Augen nach.

»Der Kerl wird zu frech«, murmelte er vor sich hin. »Na, an einem der nächsten Tage . . .«

Es fiel ihm nicht leicht, das zu erledigen, was jetzt erledigt werden mußte. Mit einer Handbewegung winkte er Minn Lee zu sich.

»Komm her, Liebling. Mir fällt da gerade etwas ein . . .« Er nahm ihre Hand und betrachtete prüfend die prachtvollen Ringe. »Es sind wertvolle Steine«, fuhr er langsam fort. »Meinst du nicht, daß sie einmal neu gefaßt werden müßten? Am besten, ich lasse das gleich morgen bei Tiffany erledigen.«

Er hielt die Hand auf, und ohne Widerstreben streifte sie einen Ring und ein Armband nach dem andern ab und gab sie ihm. Zufrieden schob er sie in die Tasche.

»Sie werden großartig aussehen, wenn sie neu gefaßt sind. Ich gebe sie dir natürlich zurück, keine Sorge! Die Arbeit wird ausgeführt, während du fort bist.«

Auf seinen letzten Satz hatte er besonderen Nachdruck gelegt, und sie sah ihn groß an.

»Während ich fort bin?«

»Ja, du wirst mich ein wenig verlassen müssen. Weißt du, so schnell komme ich nicht über die Sache mit Jimmy weg . . . Ich liebe dich zu sehr«, sagte er vorwurfsvoll. »Hoffen wir, daß ich das mit der Zeit vergessen kann . . .«

Ein langes Schweigen folgte. Minn Lee sah mit ihrem unergründlichen, rätselvollen Lächeln auf ihren nackten Arm.

»Wohin soll ich denn gehen?« fragte sie sanft.

Er nahm ihre Hände in die seinen.

»Ich will es dir sagen. Du möchtest mir doch gern helfen, nicht wahr? In der letzten Zeit habe ich viel Schwierigkeiten in Cicero gehabt. Diese verdammten Mädchen haben mich bestohlen, wo sie nur konnten – die Geschäftsführerin des großen Lokals mußte ich hinauswerfen. Sie taugte nichts.«

Er hörte, daß Minn Lee scharf die Luft einzog und erwartete einen Tränenausbruch; doch er hatte sich getäuscht.

»Du möchtest, daß ich ihre Stelle einnehme?« fragte sie und schüttelte den Kopf.

»Nur für kurze Zeit«, bat er in seinem freundlichsten Ton. »Du bist sehr gewissenhaft, Minn Lee, und könntest dort alles für mich in Ordnung halten. Natürlich erhältst du eine schöne Wohnung, Autos, was du willst . . .«

Sie schüttelte wieder den Kopf, und diesmal sah er sie scharf an und redete im Befehlston.

»Minn Lee, ich bin sehr gut zu dir gewesen!«

»Ja, du hast recht . . .«, sie sprach jetzt so leise, daß er sie kaum verstehen konnte.

»Also, sei lieb und mach mir keinen Kummer!«

Seine Worte klangen bestimmt; die Sache war für ihn erledigt. Mit einem vergnügten Lächeln stand er auf.

»Ich spiele ein wenig Klavier; du kannst mir zuhören.«

»Spiele nur, Tony«, sagte sie. »Ich muß meiner Schneiderin noch schreiben . . .«

»Gut.« Er setzte sich an das Instrument und sprach, während er spielte. »Natürlich werden deine Rechnungen, die noch offenstehen, alle bezahlt. Leg sie nur auf den Tisch, damit Angelo sie findet!«

Sie hörte ihm nicht mehr zu. Vor ihr lag ein großer Block, und sie begann schnell zu schreiben, während Tony sich seinem Spiel widmete.

Plötzlich fühlte er ihre Hand auf seiner Schulter und schaute auf. Ihr Gesicht war bleich.

»Du bist doch nicht krank?« fragte er bestürzt. Das hätte die Angelegenheit im Augenblick unangenehm kompliziert.

»Nein, nein – ich bin nicht krank.«

»Schön, Minn Lee, du bist ein tüchtiges Mädchen.« Er streichelte ihre Hand. »Aber du siehst so blaß aus.«

»Ein wenig Kopfschmerzen, Tony . . .«

»Leg dich doch hin!«

Er sah, wie sie sich auf die Couch legte, und begann wieder zu spielen. Angelo kam ihm in den Sinn, und er redete halb über die Schulter zu Minn Lee hin.

»Dieser Angelo macht mir Sorgen! Der Kerl spielt sich zu sehr auf – es ist immer dasselbe mit den kleinen Leuten, denen man eine Chance gibt. Er wird sich wundern! – Hörst du eigentlich zu, Minn Lee? Minn Lee, bist du eingeschlafen? Du wirst noch packen müssen, der Wagen ist um sechs Uhr da.«

Er stand auf und streckte sich. Dabei sah er den Briefbogen, den sie seitlich auf das Klavier gelegt hatte. Nachlässig nahm er ihn auf und las ihn flüchtig – aber dann fuhr er entsetzt herum. Sein Gesicht war aschgrau.

»Minn Lee! Minn Lee!« rief er heiser.

Sie lag ganz still. Ihr Gesicht war totenbleich.

»Minn Lee, um Himmels willen, was hast du getan!« schrie er verzweifelt und lief zu ihr. »Minn Lee . . .!«

Es klopfte scharf an die Tür, und bevor er einen klaren Gedanken fassen konnte, stand Kelly vor ihm.

Der Beamte überflog die Szene mit einem Blick – die Tote, die friedlich und ruhig auf dem Sofa lag, den vor Schreck zitternden Perelli.

»Was ist . . .«

Dann sah er die Hand Perellis auf Minn Lees Brust – sie hielt den Griff des Dolches umklammert, mit dem sie sich getötet hatte.

»Lassen Sie das Ding los!«

Tony sah ihn wie betäubt an. Er öffnete seine Hand . . .

»Rühren Sie sich nicht!«

Kelly hatte eine Pistole gezogen und hielt Tony damit in Schach.

»Nein, nein! Ich habe es doch nicht getan!« stammelte Perelli. »Wirklich nicht . . . Es ist Selbstmord – dort liegt der Brief. Lesen Sie doch – sie hat es selbst geschrieben . . .«

Kelly nahm das Blatt und las die wenigen Worte.

›Leb wohl, Tony. So ist es besser für mich.

Deine Minn Lee‹

Es war ihre Schrift. Kelly schaute Tony an – dann holte er sein Feuerzeug heraus, knipste es an und hielt es an das Blatt Papier.

»Ich weiß nicht, wieviel Menschen Sie getötet haben, ohne dafür bestraft zu werden«, sagte er mit haßerfüllter Stimme und sah zu, wie das Blatt Feuer fing. »Komisch, daß Sie jetzt für eine Tat auf den elektrischen Stuhl kommen werden, die Sie nicht begangen haben – wirklich originell, wie?«

Diese Worte wirkten auf Perelli wie eine kalte Dusche; plötzlich gewann er seine Besinnung wieder. Er lief zum Telefon, wählte eine Nummer und sprach gleich darauf mit einem Mann, den Kelly gut kannte – es war einer der bekanntesten Rechtsanwälte Chicagos. Der Beamte zuckte hilflos die Schultern – einen Augenblick lang hatte er geglaubt, daß es nun mit Perelli aus sei, aber jetzt erkannte er, daß es überhaupt kein Ende gab. Perelli wußte zu gut Bescheid – und hatte zu viel Geld. Er würde verhaftet werden, sicher – aber bei der Verhandlung würde man ihn mangels Beweisen wieder freilassen. Welchen Zweck hatten alle seine Bemühungen noch? Perellis Worte fielen ihm ein, daß sich die Unterwelt eigene Gesetze geschaffen habe.

Mit einer resignierten Handbewegung drehte er sich um und ging zur Tür. Er sah nicht, daß Angelo durch die gegenüberliegende Tür hereinschaute und mit einem langen Blick die Situation erfaßte. Von Minn Lee, die er geliebt hatte, schaute er zu Perelli, den er haßte ...

»Da haben Sie es, Kelly!« rief Tony triumphierend. »Sagte ich Ihnen nicht, daß ich selbst das Gesetz bin? Sie sind zwar sehr geschickt, aber noch lange nicht so geschickt wie ich. Ich habe meinem Rechtsanwalt alles erzählt ... Na, was meinen Sie, was jetzt passiert? Gar nichts werden Sie mir anhaben können ...«

Angelo öffnete die Tür ein wenig weiter, in der Hand hielt er eine schwere Pistole.

»Also, hören Sie mal zu, Kelly ...« begann Tony wieder.

Zwei, drei Schüsse krachten. Angelo schlug die Tür zu und drehte den Schlüssel um. Dann eilte er zu dem Geheimausgang, vor dem sein Wagen wartete.

Kelly, der noch unter der Tür stand, war herumgefahren. Gleich darauf schaute er düster auf den Toten, der zu seinen Füßen lag.

»Das hatte er vergessen«, sagte er langsam, »die Strafe seines eigenen Gesetzes.«

DAS BUCH ZU FILM UND FERNSEHEN

ATTENBOROUGH, RICHARD (HRSG.)

Gandhi. Ausgewählte Texte.
6577 DM 7,80

BUCHHEIM, LOTHAR-GÜNTHER

Der Film Das Boot.
Mit über 250 Abbildungen.
10196 DM 14,80

BÜRGER, GOTTFRIED AUGUST

Münchhausens Abenteuer.
9199 DM 7,80

CATO, NANCY

Delie und Brenton.
Alle Flüsse fließen ins Meer.
Roman zur TV-Serie. 8890 DM 14,80

COSBY, BILL

Familien-Bande
9403 DM 9.80
Bill Cosby, den FernsehDaddy Dr. Huxtable, der hier die Licht- und Schattenseiten des Vaterseins humorvoll schildert.

CRISPIN, A.C.

V – Die außerirdischen Besucher.
Roman. 8612 DM 12,80

DREW, WAYLAND

Willow.
Das Buch zum neuen Film von George Lucas! 9194 DM 9,80

FERBER, EDNA

Cimarron. Roman. 6374 DM 9,80
Giganten. Roman. 3648 DM 14,80

FLEISCHER, LEONORE

Verraten - Betrayed
Verfilmung C. Gavras
9471 DM 9,80
Ein spannender Polit-Thriller über den aufkeimenden Rechtsradikalismus in den Vereinigten Staaten, packend verfilmt vom Regisseur der Filme »Missing« und »Z«.

FORSTER, E. M.

Zimmer mit Aussicht. Roman.
8879 DM 12,80

GIPE, GEORGE

Gremlins.
Ein Film von Steven Spielberg und Joe Dante. 6803 DM 7,80

GLUT, DONALD F./ LUCAS, GEORGE

Das Imperium schlägt zurück.
3920 DM 8,80

GRAY, MARTIN

Der Schrei nach Leben.
8575 DM 12,80

HASFORD, GUSTAV

Höllenfeuer. Roman zum Film von Stanley Kubrick: Full Metal Jacket.
8896 DM 7,80

HASSEL, SVEN

Die Galgenvögel.
Roman. 8877 DM 9,80

HEADROOM, MAX

20 Minuten jenseits der Zukunft
9492 DM 7,80
Max Headroom, das TV-Idol in Amerika und England, schickt sich derzeit an, auch bei uns eine wahre Kultfigur zu werden. Ab Mitte April 1989 mit 14 Episoden in SAT 1.
Nicht verzagen, Headroom fragen
Der einzig senkrechte Ratgeber für alle Lebenslagen.
9491 DM 8,80
Max Headroom, das bissig-respektlose Bildschirm-Ekel, gibt ebensolche Ratschläge für alle denkbaren und undenkbaren Lebenslagen.

HEINRICH, WILLI

Steiner I. 3755 DM 12,80

HEYMANN, C. DAVID

Armes, kleines reiches Mädchen.
Leben und Legende der Barbara Hutton. Barbara Hutton, die Erbin des Woolworth-Vermögens, eine der reichsten Frauen der Welt, starb nach einem Leben in Luxus und nach sieben gescheiterten Ehen 1979 im Alter von 66 Jahren vereinsamt und verarmt.
Jetzt im Fernsehen! 9552 DM 9,80

HUBY, FELIX

Oh Gott, Herr Pfarrer
Das Buch zur ARD-Fernsehserie
9449 DM 9,80

KAHN, JAMES

Die Rückkehr der Jedi-Ritter.
6639 DM 6,80
Goonies.
Ein Filmabenteuer von Steven Spielberg. 8397 DM 7,80
Indiana Jones und der Tempel des Todes.
Roman zum Film von George Lucas und Steven Spielberg.
6750 DM 6,80

KRUEGER, FREDDY

Nightmare on Elm Street
8067 DM 7.80
Die drei schrecklichen Filmgeschichten zu den Grusel-Hits »Nightmare on Elm Street 1–3«

LARSON GLEN A./THURSTON ROBERT

Kampfstern Galactica.
23748 DM 7,80

LUCAS, GEORGE

Krieg der Sterne. 3633 DM 6,80

LYNN, J./JAYE, A.

Yes Minister.
Tagebuch eines ehrenwerten Politikers. 8636 DM 8,80
Yes, Premierminister!
Tagebuch eines Spitzenpolitikers. Das Buch zur herzerfrischend bissigen BBC-Serie. 8892 DM 9,80

NORST, JOEL

COLORS – Farben der Gewalt.
Der Roman zum Film.
9340 DM 8,80
Mississippi Burning. Die Wurzeln des Hasses. 9556 DM 9.80
Das Buch zum neuen Film von Alan Parker (Midnight Express, Angel Heart, Birdy).

PARETTI, SANDRA

Südseefieber.
Roman zur Fernsehserie »Traumschiff«. 8572 DM 8,80

ROSENBERG, LEIBL/ KANIA, THOMAS

Das Dingsbuch ist da!
8452 DM 8,80

SHELDON, SIDNEY

100 Karat – Diamanten-Dynastie.
Roman. 6785 DM 9,80
Kalte Glut. Roman. 8876 DM 9,80

THOMAS, ADRIENNE

Die Katrin wird Soldat.
Roman. 8992 DM 9,80

WARDEN, ROBERT

Steiner II. 3884 DM 9,80

WHARTON, WILLIAM

Birdy. Roman. 6611 DM 9,80

WOODS, DONALD

Steve Biko. Schrei nach Freiheit - Das Buch zum Film von Richard Attenborough. 8985 DM 12,80

WOUK, HERMAN

Feuersturm. Roman. 8538 DM 17,80
Der Krieg. Roman.
Die Fortsetzung von "Der Feuersturm". 9124 DM 12,80

ZIEGLER, THOMAS

Das Nest
Das Buch zur Fernsehserie
9487 DM 7,80